Anthony Trollope

Schloss Richmond

Vierter Band

Anthony Trollope

Schloss Richmond
Vierter Band

ISBN/EAN: 9783743658301

Hergestellt in Europa, USA, Kanada, Australien, Japan

Cover: Foto ©Andreas Hilbeck / pixelio.de

Weitere Bücher finden Sie auf **www.hansebooks.com**

Schloß Richmond.

Roman

von

Anthony Trollope,
Verfasser von: „Doctor Thorne." „Die Bertrams" ꝛc.

Deutsch

von

A. Kretzschmar.

Vierter Band.

Wurzen,
Verlags-Comptoir.
1863.

Schloß Richmond.

Vierter Band.

Erstes Kapitel.

Vor dem Frühstück in Hap House.

Man kann sich leicht denken, daß Mr. Mollett's Rückreise nach Cork nach seinem letzten Besuche in Schloß Richmond keine sehr angenehme war, und man konnte überhaupt sagen, daß seine gegenwärtigen Umstände, im Ganzen genommen, so unangenehm waren, wie seine ärgsten Feinde nur hätten wünschen können.

Ich bin bemüht gewesen, das Mitgefühl Derer zu erwecken, welche mit mir diese Leidensgeschichte der Familie der Fitzgerald's durchmachen, aber wie soll es mir gelingen, ihre Sympathie für die Familie der Molletts zu erwecken?

Und dennoch, warum nicht? Wenn wir unsere

4.

Sympathie blos guten, oder, noch schlimmer, blos anziehenden Menschen schenken, wie wenig ist dann in unserm Charakter, was besser als irdisch wäre? Diese Molletts waren auch Menschen und hatten Herzen, an welchen die Welt nun wahrscheinlich auf eben nicht die sanfteste Weise herumzaus'te.

Was mich betrifft, so kann ich in Wahrheit sagen, daß das Elend dieser Menschen meine Theilnahme am Meisten in Anspruch nimmt. Der Vater und der Sohn hatten sich mehr als ein Mal selbst gerühmt, daß das Spiel, welches sie jetzt spielten, ein hohes sei, daß es in der That um einen hohen Einsatz ginge. Und fürwahr, so lange das Geld als Folge ihres gewandten Spiels in Haufen einging, hatte die Erregung etwas sehr Angenehmes gehabt. Es war Gefahr vorhanden, was eben alle Spiele angenehm macht; es gab Geld, so viel zum täglichen Aufwand gebraucht ward — für die täglichen Bedürfnisse des Appetits, welche für solche Menschen weit wichtiger sind, als die ferner liegenden Lebensbedürfnisse — es war eine Möglichkeit künftiger Größe vorhanden, eine Fernsicht glänzender Reichthümer, welche nothwendig etwas sehr Erheiterndes hatte. Was konnten sie nicht Alles ausrichten, wenn sie zusammen vierzigtausend Pfund bekamen, oder auch nur Jeder eine jährliche Rente von tausend Pfund?

Und ganz gewiß war ihr Geheimniß dieses Geld werth. Ja, war es für die gewöhnlichste Berechnung nicht handgreiflich, daß es viel mehr werth sei? Hatten sie nicht ein jährliches Einkommen von zwölftausend Pfund auf immer an diese Familie Fitzgerald zu verkaufen?

Während der letzten vierzehn Tage aber war ihnen Alles, wie man zu sagen pflegt, contrair gegangen. Leichterworbenes Geld geht auch leicht wieder fort, und übel erworbenes geht auf übeln Wegen fort. Das ihrige war leicht und übel erworben, und so war es auch wieder gegangen. Was hätten sie auch nöthig gehabt, zu sparen, da sie eine solche Milchkuh stets in der Nähe hatten? Namentlich hatten sie sich im Gebrauche jenes sehr kostspieligen Geräthes, des Würfelbechers, keine Sparsamkeit auferlegt, und jetzt in dem gegenwärtigen Augenblick, wo kein baares Geld das Ergebniß der letzten zwei Besuche in Schloß Richmond gewesen, war in der Familienkasse tiefe Ebbe eingetreten.

Man kann sagen, daß baares Geld für den Augenblick der einzige Wunsch war, welcher dem älteren Mollett am Herzen lag, als er diese letzte Reise über die Böggeragh-Berge antrat — baares Geld, um Miß O'Dwyer's dringende Forderung zu befriedigen und Tom, den Kellner im Kanturk-Hotel, wieder Artigkeit oder vielmehr Unterwürfigkeit zu lehren.

Mollett hatte sich vorgenommen, daß wenigstens dieser Luxusgenuß ihm gewahrt werden müsse, möchte die Antwort auf jene anderen großartigeren Forderungen lauten, wie sie wollte, und wir wissen, von welchem Erfolg seine Mission begleitet gewesen war.

Er hatte erwartet, seine zahme Milchkuh zitternd in ihrem gewohnten Stalle zu finden, und er hatte an ihrer Stelle einen muthigen, entschlossenen Stier angetroffen, einen Stier, den er keineswegs bei den Hörnern nehmen konnte. Er hatte kein Geld, und ehe er noch Cork erreicht, hatte er begonnen, einzusehen, daß er wahrscheinlich aus dieser Quelle keins mehr bekommen würde.

Während eines Theils der Unterredung zwischen ihm und Mr. Prendergast hatte ein Funke von Barmherzigkeit gegen seine Schlachtopfer in seinem Herzen geschimmert. Als ihm erklärt ward, daß das Spiel aus sei, daß die Familie in Richmond darauf gefaßt sei, die Wahrheit öffentlich zu bekennen, und daß man dabei die Absicht hätte, zu beweisen, daß die arme Lady kein Recht auf den Namen hatte, den sie trug, da begann ein besserer Geist sich in ihm zu

„O, was wollen Sie thun?" würde er gesagt haben, wenn Mr. Prendergast ihn hätte zu Worte kommen lassen. „Warum wollen Sie dieses furchtbare Opfer bringen? So weit ist es ja nicht. Es liegt für Sie durchaus keine Nothwendigkeit vor, diese furchtbare Thatsache an's Licht zu ziehen. Ich werde dieselbe nicht enthüllen, gewiß nicht, obschon Sie in Bezug auf diese meine Bedingungen so hart gegen mich sind. Ich will das Geheimniß für mich behalten und ihnen Vertrauen schenken, ihnen, die sie Alle so reich und zahlungsfähig sind — ich will schweigen und mich mit jedem Geschenk begnügen, welches Sie mir dafür zukommen lassen wollen."

Von dieser Art war seine Gemüthsstimmung, als Mistreß Jones sich wider Willen genöthigt sah, seine Persönlichkeit als die ihr früher bekannte anzuerkennen; ehe er aber noch Cork erreichte, ging eine bedeutende Veränderung in ihm vor.

Er sah ein, daß er keinerlei Aussicht mehr hatte, noch ferner irgend ein Geschenk zu bekommen. Er gewann die Ueberzeugung, daß diese Leute fest entschlossen waren, den Boden, auf welchem sie standen, selbst in die Luft zu sprengen. Er begriff nicht, wie ein Mensch sich zu einem so verhängnißvollen Selbstmord veranlaßt sehen könne; wohl aber begriff er, daß der Entschluß da war und der Selbstmord ausgeführt werden würde.

Und was sollte er nun thun, um sein Brod zu verdienen? Verschiedene Gedanken gingen ihm durch's Gehirn und verschiedene Entschlüsse boten sich ihm in Bezug auf die Zukunft dar. Vielleicht gelang es ihm, dem Besitzer von Schloß Richmond doch noch auf die zeitherige Weise Geld abzupressen, aber er mußte vielleicht Wochen lang warten, ehe er wieder einen solchen Versuch begann. Vielleicht bekam er Geld von dieser Familie und könnte auch zugleich barmherzig gegen sie sein — allerdings nicht Geld zu Tausenden und Zehntausenden, denn dieser goldene Traum war für immer dahin, aber dennoch so viel, als er zur Bestreitung seiner Bedürfnisse brauchte.

Während er aber dies bedachte, nahm er sich auch fest und ein für alle Mal vor, jeden neuen Plan, den er in dieser Beziehung ausbrütete, allein in's Werk zu setzen. Niemals wieder wollte er sich mit dem Sohne seiner Lenden berathen, dessen Habgier, wie er überzeugt war, dieses ganze Unheil herbeigeführt. Wäre Aby nicht nach Schloß Richmond gegangen und hätte er nicht den armen Baronet durch die Ungeheuerlichkeit seiner Forderungen zum Tode erschreckt und auf's Aeußerste getrieben, so wäre auch Mr. Prendergast nicht da gewesen. Aby sollte daher, wenn es ja noch möglich ward, Schloß Richmond wieder tributpflichtig zu machen, kein Wort davon erfahren. Der Vater nahm sich vor, sich bei der Flucht, die sie nun Beide von Cork aus ergreifen mußten, des Sohnes zu entledigen, und hoffte, daß er dann sein Antlitz nicht so bald wiedersehen würde.

Wie sollte aber die Frage wegen baaren Geldes und jene andere vielleicht eben so interessante Frage in Bezug auf gerichtliche Verfolgung ihre Erledigung finden? Wie sollte er entrinnen, wenn er kein Geld auftreiben konnte? Und wie sollte er Geld auftreiben, da seine Milchkuh so plötzlich aufgehört hatte, ergiebig zu sein? Er hatte den O'Dwyers für diesen Abend Geld versprochen und sich bemüht, dieses Versprechen mit zuversichtlicher, unbefangener Miene zu geben. Und nun war er gleichwohl nicht im Stande, dieses Versprechen zu halten. Seine Befehle in dem Gasthause wurden beinahe mit Verachtung aufgenommen.

Während der letzten drei Tage hatte man ihm zu essen und zu trinken gegeben, was er verlangte, aber nicht alle Mal von der gewünschten Qualität. Wenn er Rum verlangte, so brachte man ihm Whisky, und nur auf dringendes Bitten und nach wiederholten und heiligen Versicherungen, daß er nach seiner Rückkunft pünktlich bezahlen werde, hatte man ihm den Wagen gegeben, mit welchem er die fruchtlose Reise nach Schloß Richmond gemacht.

Sein Herz war daher, als er an dem Kanturk-Hotel in Cork vorfuhr, sehr traurig und niedergeschlagen.

Aby saß wieder in der kleinen Gaststube, aber sonnte sich nicht mehr in Fanny's lächelnden Blicken. Er saß hier, weil Fanny noch nicht Muth genug zusammengerafft hatte, ihn gehen zu heißen. Er war halb betrunken, denn man hatte es unmöglich gefunden, ihm jedes spirituöse Getränk zu verweigern. Es hatte ein hitziger Wortwechsel zwischen ihm und Fanny stattgefunden, wobei sie ihm seine unbezahlte Rechnung und er ihr ihre frühere Liebe vorgerückt hatte. Der Streit war immer hitziger geworden, und Fanny hatte schon große Lust gehabt, Tom hereinzurufen und ihren ehemaligen Geliebten hinausführen zu lassen. Sie hatte sich indessen noch Gewalt angethan, namentlich im Hinblick auf das versprochene Geld und die zu erwartende Rückkunft des Vaters. Fanny's Liebe zu Mr. Abraham Mollett hatte keine lange Lebensdauer gehabt.

Ich will nicht abermals einen Auftritt von der Art beschreiben, wie sie in der letzten Zeit im Kanturk-Hotel so häufig stattgefunden hatten.

Vater und Sohn sahen sich bald miteinander in

dem kleinen Zimmer im obersten Stockwerk des Hauses, wo sie jetzt schliefen, und Aby verstand, trotzdem daß er betrunken war, Alles, was sich auf Schloß Richmond ereignet hatte. Als er hörte, daß Mr. Prendergast anstatt des Baronets in jenem Zimmer sichtbar gewesen, sah er sofort ein, daß das Spiel verloren sei.

„Vielleicht läßt sich aber in Hap House noch Etwas machen," sagte Aby bei sich selbst, „nur muß man verteufelt gewitzt sein."

Vater und Sohn zankten sich natürlich fürchterlich, wie Hunde über die Erinnerung an einen Knochen, welcher nun dem Rachen Beider entrissen worden. Aby sagte, sein Vater habe durch seine Verzagtheit Alles verdorben, und der alte Mollett behauptete, die Voreiligkeit seines Sohnes sei schuld daran.

Wir brauchen indessen diesen Wortwechsel eben so wenig zu wiederholen, als was zwischen den Molletts und dem Kellner Tom vorging, ehe der Tisch gedeckt ward und der alte Mann seinen Hunger befriedigen konnte.

Während er aß, berechnete er, wie viel er wohl auf seine Uhr geliehen bekommen würde, um die Reise nach London machen zu können, und wie er am Besten von Cork hinwegkäme, ohne daß sein

Sohn seine Spur zu verfolgen vermöchte. Seine Kleider mußte er in dem Gasthause zurücklassen, wenigstens alle, die er nicht über einander hinweg auf den Leib ziehen konnte. Er hatte sich in dieser Beziehung in der letzten Zeit gut ausgestattet, und es that ihm sehr leid, die feine Wäsche, die er, seitdem er sie mit dem letzten Gelde von Sir Thomas gekauft, blos ein oder zwei Mal getragen, zurücklassen zu müssen. Nichtsdestoweniger aber faßte er in dieser Weise für den morgenden Feldzug seinen Entschluß.

Aby faßte aber ebenfalls seinen Entschluß. Etwas hatte er von Fanny O'Dwyer für seine honigsüßen Worte jedenfalls erfahren. Wenn Herbert Fitzgerald aufhörte, der Erbe von Schloß Richmond zu sein, so war dann Owen Fitzgerald von Hap House der Glückliche. Diese Kenntniß war sein Eigenthum und von seinem Vater vollständig unabhängig. Vielleicht war es noch nicht zu spät, davon Gebrauch zu machen. Er wußte, wo Hap House lag, und wollte sich zeitig am nächstfolgenden Morgen dahin aufmachen. Jene Kunde war wahrscheinlich noch nicht bis zu dem Besitzer dieses gesegneten Wohnsitzes gedrungen, und wenn Aby der Erste war, der sie ihm mittheilte? Das Spiel konnte dort noch ein ziemlich einträgliches werden, wenn es von einer Meisterhand, wie die seinige, gut gespielt ward. Ja, er wollte sich frühzeitig den nächsten Morgen auf den Weg nach Hap House machen — aber wie sollte er hingelangen?

Während sein Vater sich anschickte, sich zu Bett zu legen, ging Aby hinunter in das kleine Gastzimmer, wo er Mr. O'Dwyer und seine Tochter in eifriger Berathung mit einander antraf. Sie waren bemüht, durch vereinte Weisheit zu einem Entschluß in Bezug auf Das zu kommen, was sie mit ihren beiden Gästen anfangen sollten. Fanny meinte, es sei das Beste, sie ohne Weiteres aus dem Hause zu weisen.

„Der erste Verlust ist der kleinste," sagte sie. „Uebrigens sind mir diese Menschen im höchsten Grade verdächtig. Kein Mensch weiß, was sie eigentlich treiben, und ich fürchte alle Tage, daß die Polizei sie plötzlich bei'm Kragen nehme."

Fanny's Vater aber schüttelte den Kopf. Die Polizei, meinte er, könne ihnen, nämlich ihm und seiner Tochter, Nichts anhaben, denn sie hätten ja nichts Unrechtes gethan, und dreißig Pfund seien ein schönes Geld, worauf man nicht so ohne Weiteres verzichten dürfe.

„Ich sage Dir aber, Vater, der erste Verlust ist der kleinste." entgegnete Fanny hartnäckig, und in diesem Augenblick trat Aby ein.

„Mein Vater hat die Sache wieder ein Mal verpfuscht," sagte er, sofort auf die Frage selbst eingehend. „Er ist ohne einen rothen Heller zurückgekommen."

„Ja, das glaube ich gern," bemerkte Mr. O'Dwyer sarkastisch.

„Und gleichwohl hätte er blos zwei oder drei Meilen weiter zu fahren gebraucht, dann wäre ihm auf immer geholfen gewesen."

„Wirklich?" sagte Fanny. „Ich wünschte nur, es wäre ihm vor der Hand wenigstens so weit geholfen, daß er uns seine Zeche bezahlen könnte. Wenn es nicht noch heute geschieht, so müssen Sie morgen unser Haus meiden, Mr. Mollett, das sage ich Ihnen hiermit. Ihre Sachen aber bleiben da — mein Vater wird Meldung bei der Polizei machen."

„Na, seien Sie nicht gleich so grausam, Miß Fanny," sagte Aby mit lauerndem Blick. „Ich will Ihnen Etwas sagen, Mr. O'Dwyer. Ich muß mich morgen früh sehr zeitig selbst noch ein Mal an Ort und Stelle begeben. Um vier Uhr gedenke ich aufzubrechen."

„Aus meinem Stalle bekommen Sie aber auch nicht einen Huf dazu, weiter sage ich Nichts," entgegnete Mr. O'Dwyer.

„Na, schauen Sie her, Mr. O'Dwyer," sagte

Aby. „Diese Fitzgeralds sind uns eine Menge Geld schuldig. Sie kennen diese Leute und wissen, ob sie uns bezahlen können, oder nicht. Mein Vater hat schon den größten Theil weg, aber er hat schlecht damit gewirthschaftet, und was geschehen ist, Das läßt sich ein Mal nicht ändern."

„Wenn Sir Thomas solchen Leuten wie Sie Geld schuldig wäre," sagte Mr. O'Dwyer, „so würde er es bezahlen, ohne daß Sie fortwährend hinzulaufen brauchten."

„Ganz gewiß," setzte Fanny hinzu, „ich glaube gar nicht, daß Sie Sir Thomas zu sprechen bekommen."

„O, wir haben ihn oft genug gesprochen; jetzt aber haben wir es mit Mr. Owen in Hap House zu thun."

Und nun setzte Aby mit geheimnißvoller Miene und leise dem Gastwirth und seiner Tochter auseinander, daß Owen Fitzgerald ihm eine bedeutende Summe zahlen werde. Um diese ganze Geschichte glaubhafter zu machen, zeigte er einen Brief von Mr. Prendergast an seinen Vater vor, worin diesem gemeldet worden, daß ihm für Rechnung von Sir Thomas Fitzgerald eine Summe Geldes gezählt werden würde, wenn er sich zu einer bestimmten Stunde in Mr. Prendergast's Geschäftsbureau einfände.

Die schließliche Wirkung von all Diesem war, daß der Magen für den nächstfolgenden Morgen bewilligt ward, obschon der Gastwirth und seine Tochter es zugleich nicht an gewissen fürchterlichen Drohungen im Fall einer abermaligen Nichterfüllung des gegebenen Versprechens fehlen ließen.

Sehr zeitig am nächstfolgenden Morgen war Aby auf den Füßen und hoffte, es werde ihm gelingen, mit seiner eben nicht sehr gesuchten T fertig zu werden, ohne den Schlummer seines zu stören, denn er hatte — wie wir hier noch merken müssen — den O'Dwyer's gesagt, daß es durchaus nothwendig sei, diese seine Reise vor seinem „Alten" geheim zu halten.

Der „Alte" war aber schon vollkommen munter, sah dem Sohne, so oft derselbe den Rücken wendete, aus seinem halbgeschlossenen Auge zu, hütete sich aber wohl, irgend eine Frage an ihn zu richten. Er wünschte sehr, diesen Morgen allein zu sein, um seine kleine Expedition ebenfalls nach seiner eigenen einsamen Weise in's Werk setzen zu können.

Ungefähr um fünf Uhr trat Aby die Reise nach Hap House an. Seine Toilette war, sagte ich, keine gesuchte oder sorgfältige, aber in dieser Beziehu habe ich ihm Unrecht gethan. Oben in seinem Sch. zimmer verschwendete er allerdings keine lange Ze an Manipulationen mit Seife und Waffer, dennoch aber wußte er, daß auf den erften Eindruck Alles ankommt und daß ein junger Mann fauber und nett erfcheinen muß, wenn er Effect zu machen wünfcht. Deßhalb fteckte er Bürfte und Kamm in die Tafche, eben fo wie eine Büchfe Pommade, womit er feinen langen Locken Glanz zu geben pflegte, dann rüfte er fchnell feine Bufennadeln und Ringe zu-ſtellen, wickelte die Atlashalsbinde, welche Fanny zum letzten Mal, als fie noch freundlichere Gefinnungen gegen ihn hegte, genäht, zufammen und bewirkte dann während der langen Fahrt nach Hay Houfe wirklich eine Toilette, die mit Recht forgfältig und gefucht genannt werden konnte.

Es war eine lange, krumme, fchmale Allee, welche von der Landftraße ab nach Hay Houfe führte und Aby auf den Gedanken brachte, daß der Mann, welchen er jetzt im Begriff ftand, aufzufuchen, ebenfalls ein reicher, vornehmer Herr fei. Dies machte ihn befangener, als er gewefen wäre, wenn der Ort eine anfpruchslofere Umgebung gehabt hätte.

Man erzählt, daß im weftlichen England die Vornehmheit unverheiratheter Damen von mittlern Jahren nach der Länge des Schwanzes ihrer Katzen ermeffen wird, und Aby war von der vielleicht eben fo richtigen Idee befeelt, daß die Länge der Einfahrtsallee zu dem Hause eines Gentleman ein richtiger Maßstab für den Glanz seiner Stellung sei. Wenn dieser Mann schon eben so vornehm war, wie Sir Thomas selbst, lag ihm dann wohl an der Vermehrung seines Glanzes so viel, als Aby gehofft hatte?

Diese Gedanken beschäftigten ihn, als er aus dem Wagen stieg und die Thürglocke zog.

Mr. Owen, wie Jedermann ihn nannte, war zu Hause, aber noch nicht aufgestanden, und Aby ward daher in das Speisezimmer gewiesen. Es war jetzt schon über neun Uhr, und der Diener sagte ihm, sein Herr müsse bald erscheinen, denn er müsse bis um eilf Uhr gefrühstückt haben und sich auf dem Sammelplatze der Jagd einfinden. Der Diener von Hay House war noch mehr Naturmensch, als seine Kameraden auf Schloß Richmond, und Aby's äußere geschmückte Erscheinung verfehlte ihre Wirkung nicht. Man ließ ihn in dem Speisezimmer bei Teller und Tassen, ja sogar bei den silbernen Theelöffeln sitzen, und er begann wieder zu hoffen, daß seine Mission eine erfolgreiche sein werde.

Es dauerte nicht lange, so öffnete sich die Thür und ein Mann trat ein, der vom Kopf bis zum Fuße in ein Jagdcostüm gekleidet war. Es war dies aber nicht Owen Fitzgerald, sondern sein Freund, Capitain Donnellan. Zufällig war Capitain Donnellan der einzige Gast, welcher sich am vorigen Abend in Hap House eingefunden, und nun erschien er am Frühstücktisch eher, als sein Wirth.

Aby erhob sich, als der Gentleman eintrat, und wollte sein Anliegen vorbringen, der Capitain aber gab ihm zu verstehen, daß der Herr des Hauses noch nicht da sei, und Aby setzte sich daher wieder. Was sollte er thun, wenn der Hausherr eintrat? Seine Geschichte war nicht von der Art, daß er sie in Gegenwart einer dritten Person erzählen konnte.

Während Capitain Donnellan den ihm unbekannten Gast mit forschenden Blicken musterte und überlegte, ob derselbe nicht vielleicht gar ein Gerichtsdiener sei, und ob es vielleicht gerathen wäre, den Hausherrn davon unter der Hand zu benachrichtigen, fuhr ein zweiter Wagen an der Thür des Hauses vor.

Dieser Wagen kam von Schloß Richmond, und die beiden Diener kannten einander recht wohl.

„Thady," sagte Richard in wichtigem Tone, „dieser Herr ist Mr. Prendergast, der jetzt bei uns auf Besuch ist, und er muß Mr. Owen Fitzgerald sprechen, ehe derselbe auf die Jagd geht."

„Na, da bekommt ja mein Herr heute Morgen ungeheuer viel zu thun," sagte Thady, indem er Mr. Prendergast ebenfalls in das Speisezimmer wies und dann hinaufging, um seinem Herrn zu melden, daß abermals Jemand gekommen sei, der ihn in Geschäftssachen zu sprechen wünsche.

„Der Capitän ist jetzt bei ihm," sagte Thady, indem er die Thür schloß.

Der Name Prendergast war dem Besitzer von Hap House gänzlich unbekannt, eben so wie der Name Mollett, der ihm zuerst gemeldet worden; Owen begann aber zu denken, daß ein Tag, der auf so eigenthümliche Weise anfinge, etwas sehr Ungewöhnliches bringen müsse. Gäste in Geschäftsangelegenheiten waren in Hap House sehr selten, ausgenommen, wenn vielleicht Handwerksleute und Lieferanten ihr Geld haben wollten. Owen beschleunigte, nachdem ihm der zweite Besuch gemeldet worden, seine Toilette so viel als möglich.

Mittlerweile saßen Capitain Donnellan und die beiden Fremden beinahe gänzlich schweigend im Speisezimmer beieinander. Der Capitän hatte, obschon er sich nicht durch sonderliches Wissen auszeichnete, doch einen Begriff von der äußeren Erscheinung eines Gentleman, und ließ sich daher nicht wie der arme Thady durch Aby's feinen Hut und goldene Ringe blenden. Er hatte Aby, als er in das Zimmer trat, mit großen Augen angestarrt und dann, nachdem er ihm erklärt, daß er nicht der Herr des Hauses sei, ihn weiter keines Wortes gewürdigt. Mr. Prenvergaß hatte er dagegen sofort angesehen, daß dieser einer andern Klasse angehöre, weßhalb er ein paar artige Worte zu ihm gesprochen und ihn aufgefordert hatte, näher an's Feuer zu kommen, wobei er zugleich bemerkt hatte, daß Owen in weniger als fünf Minuten erscheinen würde.

Endlich trat Owen Fitzgerald in das Zimmer. Er ist schon als ein schöner Mann beschrieben worden, aber keine Tracht stand ihm so gut, als das Jagdcostüm. Der Kummer, der auf seinem Herzen lastete, hatte seine Stirn nicht gefurcht, sondern ihm etwas Ernstes und Würdevolles gegeben. Seine lange Gestalt, welche durch sein jetziges Costüm hervorgehoben ward, war stark und vollkommen symmetrisch. Sein hellbraunes Haar umrahmte in natürlichen Locken seine Stirn; und sein Auge funkelte wie das eines Falken. Jedenfalls war es ein Irrthum, wenn man behauptete, er brächte seine Nächte gewöhnlich bei der Weinflasche zu. Dieses Vergnügen läßt stets seine widerlichen Spuren um den Mund herum zurück, aber Owen Fitzgerald's Lippen waren so voll und schwellend, wie die Apollo's.

Mollett ward, als er ihn sah, von Neid erfüllt:

„Wenn ich bei dieser Sache nur Geld genug verdiente, um so aussehen zu können!" dies war sein erster Gedanke, als sein Auge auf den künftigen

Erben fiel. Der arme Wicht begriff nicht, daß alles Gold Californiens ihn dem Ziele, nach welchem er trachtete, auch nicht um einen Zoll näher bringen würde.

Mr. Prendergast erhob sich, als er Owen sah, mit einer Ehrerbietung, welche fast unwillkürlich war. Er hatte nicht gut von Owen Fitzgerald sprechen hören, und nach Dem, was er gehört, hatte er sicherlich nicht einen Mann von so noblem Aeußern erwartet, wie der Besitzer von Hap House zeigte, der jetzt auf ihn zukam, um ihn zu fragen, was er wünsche.

Mr. Prendergast und Aby Mollett erhoben sich gleichzeitig. Seit der Ankunft des Anwalts hatte Aby gewünscht, zu wissen, wer es sei, aber er hatte keine Ahnung, daß es der Jurist von Schloß Richmond sei. Daß er eben so gut wie er selbst ein Fremder war, Das sah Aby, aber er brachte ihn nicht in Zusammenhang mit seinem eigenen Geschäft. Ueberhaupt konnte er sich immer noch nicht überwinden, wie sein Vater zu glauben, daß die Familie von Schloß Richmond dem Eigenthümer von Hap House die Wahrheit selbst enthüllen würde. Er wünschte jetzt weiter Nichts, als daß der alte Herr sein Geschäft vorbringen und sich dann wieder entfernen möchte, worauf er sich dann des jungen Mannes in den Jagdstiefeln ebenfalls bald zu entledigen gedachte. Zufällig aber hatte Mr. Prendergast sich vorgenommen, ganz dasselbe Verfahren zu beobachten.

"Meine Herren," sagte Owen, "ich bitte um Verzeihung, daß ich Sie habe warten lassen, ich werde aber so selten auf diese Weise des Morgens begehrt, daß ich gar nicht darauf gefaßt war. Donnellan, hier steht der Thee, warte nicht auf mich. Diese Herren haben vielleicht die Güte, uns Gesellschaft zu leisten."

Bei diesen Worten aber sah er Aby scharf an, als ob er hoffte, die Vorsehung werde ihn vor dieser Entweihung seines Tisches bewahren.

"Ich danke Ihnen," sagte Mr. Prendergast, "ich habe schon gefrühstückt."

"Ich auch," bemerkte Aby, der während der Fahrt ein Pennybrötchen gegessen und sich nicht wenig gefreut haben würde, wenn er sich an diesen gutbesetzten Tisch hätte niedersetzen können. Er war aber ein Wenig aus dem Concept gebracht und daher nicht im Stande, die zu einem solchen Versuche erforderliche Courage zusammenzuraffen.

Ich weiß nicht, ob die beiden Herren in einer und derselben Geschäftsangelegenheit kommen."

"Nein," sagte Mr. Prendergast sehr zuversichtlich, aber nicht sehr richtig. "Ich wünsche Sie auf einige Minuten zu sprechen, Mr. Fitzgerald, mein Geschäft mit Ihnen aber ist ein privates."

"Das meinige auch," sagte Aby wieder, "sehr privat, ganz privat."

"Wohlan, meine Herren, ich habe gerade noch eine halbe Stunde, binnen welcher ich mein Frühstück zu mir nehmen, Geschäftssachen anhören und mich dann auf's Pferd werfen und das Haus verlassen muß. Von diesen fünfundzwanzig Minuten stehen so viele als möglich Ihnen zu Diensten. Donnellan, Du nimmst es mir nicht übel. Lang zu, und warte nicht auf mich. Sie, meine Herrn, bitte ich, mir in das andere Zimmer zu folgen. Wer zuerst gekommen ist, mahlt zuerst, das ist, glaube ich, in der Ordnung. Und er öffnete die Thür und hielt sie angelehnt in der Hand.

"Ich will warten, wenn es Ihnen recht ist, Mr. Fitzgerald," sagte Mr. Prendergast und fordete, indem er dies sagte, Mollett durch eine Handbewegung auf, sich in das Nebenzimmer zu verfügen.

"O, ich kann auch warten, Sir, ich kann auch warten," sagte Aby. "Meine Angelegenheit ist ein Wenig eigenthümlich, und wenn Sie jetzt die Ihrige vorbringen wollen, so werde ich dann, wenn Sie fertig sind, Mr. Owen Fitzgerald's Ohr für mich in Anspruch nehmen."

Mr. Prendergast war aber gewohnt, seinen Willen durchzusetzen.

„Es wäre mir lieber, wenn Sie zuerst gingen. Ich muß Ihnen nämlich sagen, Mr. Fitzgerald, daß Das, was ich zu sagen habe, einige Zeit dauern wird. Es ist für Sie selbst und für Andere von großer Wichtigkeit, und ich fürchte, Sie werden wahrscheinlich finden, daß Sie dadurch von Ihrem heutigen Jagdvergnügen abgehalten werden."

Owen machte, als er dies hörte, ein finsteres Gesicht. Es berührte ihn sehr unangenehm, zu hören, daß er auf einen Zeitvertreib, den er leidenschaftlich liebte, verzichten sollte.

„Das müßte sonderbar zugehen," sagte er, „ich weiß ja von Dem, was Sie bei mir wollen, nicht mehr, als der Mann im Mond."

„Sie sollen über die Wichtigkeit meines Anbringens bei Ihnen selbst urtheilen," sagte Mr. Prendergast.

„Nun dann, Mr. —, ich habe Ihren Namen vergessen," sagte Owen zu Aby gewendet.

„Mein Name ist Mollett," sagte Aby.

Mr. Prendergast sah ihn, indem er dies sagte, scharf an, sagte aber Nichts. Er sagte Nichts, sah aber Aby, wie eben bemerkt worden, scharf an. Er wußte nun recht wohl, wer dieser Mann war, und errieth auch mit ziemlicher Genauigkeit die Ursache seines Besuchs. Nichtsdestoweniger aber sagte er in diesem Augenblicke Nichts.

„Nun, so kommen Sie, Mr. Mollett," hob Owen wieder an. „Ich hoffe, Ihre Sache wird nicht auch eine sehr lange sein. Sie entschuldigen wohl, wenn ich mir eine Tasse Thee bringen lasse, während Sie mit mir sprechen? Es geht, wenn solche wichtige Angelegenheiten auf dem Tapet sind, Nichts über Zeitersparniß. Donnellan, sei so gut, Thady mit einer Tasse Thee zu mir zu schicken. — Also, Mr. Mollett."

Mr. Mollett erhob sich langsam von seinem Stuhl und folgte dem Herrn des Hauses. Er hätte Alles, was er in der Welt besaß — und dies war sehr wenig — darum gegeben, wenn er allein hier gewesen wäre. Was sollte er aber unter so bewandten Umständen thun? Bis zu dem Augenblicke, wo er die Thür des Salons erreichte, hatte er beinahe den Entschluß gefaßt, Fitzgerald zu sagen, daß, da diesen Morgen so viele andere Geschäfte in Hap House zu erledigen wären, dieses Specielle vor der Hand auf sich beruhen müsse. Aber wie konnte er mit leeren Händen nach Cork zurückkehren?

Demgemäß folgte er Owen in das Zimmer und

rückte mit so viel Muth, als er zusammenraffen konnte, mit seinem Anbringen heraus.

Capitain Donnellan beschäftigte sich mittlerweile mit den auf dem Frühstücktische stehenden Delikatessen, und lud zwei Mal, wiewohl vergeblich, Mr. Prendergast ein, daran theilzunehmen. Donnellan frühstückte, wartete bis eilf Uhr auf Owen und verließ dann das Zimmer, um zu Pferde zu steigen.

„Sie haben wohl die Güte, Fitzgerald zu sagen, daß ich immer fortgeritten bin. Er bekommt von der heutigen Jagd nun Nichts zu sehen, Das ist klar."

„Ich glaube Das auch," sagte Mr. Prendergast.

Zweites Kapitel.

Nach dem Frühstück in Hap House.

„Ich glaube Das auch," sagte Mr. Prendergast, und während er dies sagte, entdeckte Capitain Donnellan's Ohr, daß in dem Tone des alten Mannes Etwas lag, was an Sarkasmus streifte. Der Capitain war vollkommen überzeugt, daß sein Freund für das Vergnügen dieses Tages viel zu spät kommen würde, und begann daher auch ohne weitere Gewissensbisse seine Lederhandschuhe um die Handgelenke herum zu befestigen. Der Sammelplatz war so nahe, daß Beide beabsichtigt hatten, gleich auf ihren Jagdpferden vom Hause wegzureiten, und die beiden Gäule wurden daher auf dem Kieswege hin- und hergeführt.

In diesem Augenblick aber ließ sich ein furchtbares Getöse in der Hausflur vernehmen. Man hörte ein Stampfen und Scharren, was selbst Mr. Prendergast bewog, von seinem Stuhl aufzuspringen; und Capitain Donnellan veranlaßte, seine Handschuhe einstweilen zu vergessen und nach der Thür zu eilen.

Es war, als ob alle Winde des Himmels durch die Hausflur raseten und jeder einzelne Wind mit schweren Stiefeln versehen wäre.

Capitain Donnellan eilte nach der Thür, und Mr. Prendergast folgte ihm mit langsamerem Schritte.

Als die Thür geöffnet war, sah man Owen augenscheinlich in einem Zustande großer Aufregung, und den Herrn, welchen er noch vor wenigen Minuten zum Frühstück eingeladen, Letzteren aber in einer Position, die keineswegs zu den behaglichsten gezählt werden konnte.

Er stürzte nämlich in diesem Augenblicke mit der äußersten Heftigkeit in ein großes Gebüsch hinein, welches in der Mitte der breiten Auffahrt vor der Thür des Hauses stand. Seine Füße berührten dabei kaum den Boden, und dann, nachdem er sein Ziel erreicht, stürzte er mit dem Gesicht vorwärts in das Dickicht und verschwand augenblicklich.

Er war zum Hause hinausgeworfen worden.

Owen Fitzgerald hatte ihn bei den Schultern gefaßt und, nachdem er ihn auf diese Weise mit Blitzesschnelligkeit bis an die Thür geschoben, mit einem kräftigen Fußtritt die steinernen Stufen hinabgeschleudert. Und jetzt, als Capitain Donnellan und Mr. Prendergast dastanden und zusahen, versank Mr. Mollett jun. unter dem Gebüsch so, daß er nicht mehr sichtbar war.

„Diesem Burschen hast Du es gut gesagt, Owen," bemerkte Capitain Donnellan, indem er einen flüchtigen Blick auf Mr. Prendergast warf. „Es sieht aus, als sollte er nicht lebendig davonkommen."

„Wenigstens nicht, wenn er wartet, bis ich ihn aufhebe!" keuchte Owen. „Ein höllischer, gemeiner Schurke ist es! Und nun, Mr. Prendergast, wenn Sie bereit sind, so bin ich es auch."

Er war kaum im Stande, diese wenigen Worte mit der Kaltblütigkeit zu sprechen, welche er anzunehmen wünschte, so heftig schnappte er nach der gewaltigen Anstrengung, die er gemacht, nach Athem.

Man konnte sich unmöglich des Gedankens erwehren, daß, nachdem der eine Besucher auf diese summarische Weise abgefertigt worden, dies mit dem andern eben so geschehen könnte. Mr. Prendergast sah nicht aus, wie ein Mann, welcher gewohnt war, die Häuser, welche er besuchte, auf die so eben von Mr. Mollett geschehene Weise zu verlassen, nichtsdestoweniger aber, da beide Gäste auf uneingeladene und unwillkommene Weise miteinander erschienen waren, so zweifelte Capitain Donnellan keinen Augenblick, daß es vielleicht noch ein zweites derartiges spaßhaftes Schauspiel gäbe, wenn er am Platze bliebe. Jedenfalls konnte er nicht auf die Jagd gehen, während solche Thaten gethan wurden. Es war ja leicht möglich, daß sein Beistand gebraucht ward.

Mr. Prendergast lächelte, wiewohl etwas bitter, denn er hatte ganz denselben Gedanken. Abgesehen hiervon freute er sich aber auch über Das, was er gesehen. Daß dieser Mollett der Sohn jenes andern Mollett war, mit welchem er auf Schloß Richmond gesprochen, war ziemlich klar. Eben so klar war ihm, der gewohnt war, die Handlungsweise der Menschen zu beobachten und in Gedanken zu verfolgen, daß Mollett jun., nachdem er von der kläglichen Niederlage seines Vaters auf Schloß Richmond gehört, hierher nach Hap House gekommen war, um zu sehen, was sich vielleicht mit dem noch nicht von der Sache unterrichteten Erben anfangen ließe. Mr. Prendergast war, als er den Namen des jungen Mollett nennen hörte, sehr zweifelhaft gewesen, ob er ihm erlauben sollte, seinen Versuch zu machen, oder nicht. Er, Mr. Prendergast, hätte durch ein Wort das ganze Spiel verderben können; da er sich aber gezwungen sah, auf den Impuls des Augenblicks hin zu handeln, so beschloß er, Mr. Mollett jun. zu erlauben, seine Rolle auszuspielen. Er war ja da und konnte immer noch jede schlimme Folge für Mr. Fitzgerald abwenden, wenn dieser schwach genug war, sich in dergleichen schlimme Folgen zu fügen. So wie die Sache nun ausgefallen war, freute sich Mr. Prendergast, daß Mr. Mollett jun. gestattet gewesen war, seine Rolle zu Ende zu spielen.

„Und nun, Mr. Prendergast, wenn Sie bereit sind, so bin ich es auch," sagte Owen.

„Vielleicht thäten wir besser, erst den Herrn da unten den Bäumen aufzuheben," sagte Mr. Prendergast.

Und nachdem er dies gesagt, ging er, von Capitain Donnellan begleitet, hinunter in das Gebüsch.

„Das machen Sie, wie Sie wollen," sagte Owen. „Ich habe ihn ein Mal berührt, werde ihn aber nicht wieder berühren."

Und mit diesen Worten kehrte er in das Speisezimmer zurück.

Einer der Reitknechte, welche die Pferde führten,

war mittlerweile dem gefallenen Helden zu Hülfe geeilt, und da Capitain Donnellan auch schon bis zu Aby's Schultern vorgedrungen war, so kehrte Mr. Prendergast in der Voraussetzung, daß man seiner nicht bedürfe, auch wieder in das Haus zurück.

"Ich hoffe, daß er keinen ernstlichen Schaden genommen hat," sagte er.

"Ganz gewiß nicht," bemerkte Owen. "Solche Menschen sind an das Hinausgeworfenwerden eben so gewöhnt, wie die Mädchen an das Geküßtwerden, und es erscheint ihnen eben so natürlich. Hätte er übrigens auch alle Knochen im Leibe gebrochen, so wäre dies immer nicht mehr, als er verdient hätte."

"Darf ich fragen, was er gethan hatte?" fragte Mr. Prendergast.

Owen schwieg einen Augenblick und sah seinem Gaste voll in's Gesicht.

"Ich kann mich nicht gut darüber aussprechen," sagte er. "Er sprach von Leuten, die er nicht kennt, aber es würde mir kaum gestattet sein, Ihnen als einer mir vollkommen fremden Person wiederzuerzählen, was er sagte."

"Sehr richtig, Mr. Fitzgerald, es wäre nicht Ordnung. Dagegen kann nichts Tadelnswerthes darin liegen, wenn ich es Ihnen erzähle. Dieser

Mensch ist hierher gekommen, um Ihnen Geld für gewisse Nachrichten abzunehmen, die er Ihnen brachte —. Nachrichten, die, wenn sie in Wahrheit beruhen, von großer Wichtigkeit für Sie sein müssen. Wie es aber scheint, ist ihm seine Absicht gänzlich mißlungen."

"Und woher wissen Sie dies Alles, Sir?"

"Ich weiß es, weil ich diesen Menschen seinen Namen nennen hörte. Ich komme auch mit derselben Nachricht, und da ich für die Mittheilung derselben kein Geld verlange, so können Sie mir auf's Wort glauben, daß sie wahr ist."

"Was für eine Nachricht ist es denn?" fragte Owen die Stirn runzelnd und in ärgerlichem Tone. Er hatte nicht die entfernteste Ahnung, daß die Geschichte, welche ihm erzählt worden, auch wirklich wahr sei. Er hatte Alles für pure Lüge gehalten und Mollett als einen elenden Schurken betrachtet, der ihn auf diese Weise um einige Pfund beschwindeln wollte. Auch jetzt glaubte er noch nicht. Mr. Prendergast's Worte kamen zu plötzlich, als daß sie ihm eine so gewaltige Thatsache hätten glaubhaft erscheinen lassen, und sein erster Gedanke war, daß man ihn zum Besten haben wolle.

"Daß Sie die Nachricht, welche dieser Mensch Ihnen mittheilte, nicht geglaubt haben, ist ein

Beweis von Ihrer Discretion," sagte Mr. Prendergast in feierlichem Tone. "Von mir dagegen können Sie dieselbe glauben. Ich komme von Schloß Richmond und bin als Bote von Sir Thomas hier — von Sir Thomas und seinem Sohn. Als die Sache Beiden klar war, gelangten sie auch sofort zu der Ueberzeugung, daß Sie unverweilt davon in Kenntniß gesetzt werden müßten."

Nun setzte Owen Fitzgerald sich nieder, blickte dem Anwalt in's Gesicht empor und stierte ihn an. Das, was er gehört, schien ihm für den Augenblick die Sprache zu rauben. Wie! war es wirklich möglich, daß dieser Titel, dieses Besitzthum, dieser Ehrenplatz im Lande sein ward, sobald jener alte gebrechliche Mann das Zeitliche segnete? Und war es wirklich wahr, daß all' dieses unermeßliche Unglück die Familie, die er ein Mal so gut gekannt, treffen sollte oder vielmehr getroffen hatte? Nur erst gestern hatte er seinem Cousin Herbert alles mögliche Ueble angedroht, und seine Drohungen sollten so schnell schon in Erfüllung gegangen sein!

Dennoch aber lag in Allem, was er empfand, auch nicht ein Schatten von Triumph. Owen Fitzgerald hatte viele Fehler. Er war ungestüm, leidenschaftlich, geneigt, die Meinung Anderer gering zu schätzen, ausschweifend in seiner Denk- und Lebens-

3*

weise, und stets bereit, sich in einen moralischen oder physischen Kampf mit Denen einzulassen, die nicht sofort seine Meinung theilten. Er war ein Mann, der sofort erklärte, die Welt habe Unrecht, auch wenn die ganze Welt ihn verdammte, und der durch keinen Beweisgrund zu der Einsicht zu bringen war, er habe Unrecht. Dabei aber war er weder habgierig, noch grausam, noch egoistisch, noch rachsüchtig. In seinem Zorne konnte er seinem Feinde alles mögliche Unheil androhen, eben so wie er es Herbert angedroht hatte, aber er hegte nicht lange den Wunsch, daß dieses Unheil sich auch wirklich ereignen möge.

Die Nachricht, welche er jetzt vernommen und die er noch nicht völlig glaubte, versetzte ihn in große Aufregung, rief aber keinen Triumph in seinem Herzen hervor. Er verwirklichte in Gedanken die Katastrophe mehr, wie sie seine Verwandten auf Schloß Richmond berührte, als inwiefern er selbst davon berührt ward.

„Sie sagen also, Lady Fitzgerald" — hob er an und stockte dann. Er hatte nicht den Muth, die Frage zu thun, welche ihm auf der Zunge schwebte. War es wirklich möglich, daß Lady Fitzgerald — die Frau, welche von der Welt so lange unter diesem Namen geehrt worden, in der That das Weib des

Vaters jenes Mannes, jenes Elenden war, den er so eben aus dem Hause geworfen? Die Tragödie war eine zu ergreifende, als daß er sie hätte glauben können.

„Wir fürchten allerdings, daß Dem so ist, Mr. Fitzgerald," sagte Mr. Prendergast. „Daß es ganz bestimmt so sei, kann ich nicht sagen, und wenn ich mir daher die Freiheit nehmen darf, Ihnen einen Rath zu geben, so würde er dahin lauten, daß Sie vor der Hand diese Veränderung in Ihren Aussichten nicht als zu gewiß betrachten mögen."

„Als zu gewiß?" wiederholte Owen mit bitterem Gelächter. „Glauben Sie denn, daß es mein Wunsch sei, dieses Unheil und Verderben sich verwirklichen zu sehen? Himmel und Erde! Lady Fitzgerald! — Ich kann es nicht glauben."

In diesem Augenblick kehrte auch Capitain Donnellan in's Zimmer zurück.

„Fitzgerald," sagte er, „was zum Teufel sollen wir mit diesem Kerl anfangen? Er sagt, er könne nicht gehen, und er blutet im Gesicht wie ein Schwein."

„Macht mit ihm, was Ihr wollt. Hier gieb ihm eine Pfundnote und sage ihm, er solle sich zum Teufel scheeren. Dann, Donnellan, mach', daß Du auf den Sammelplatz kommst. Warte nicht auf mich. Ich habe Geschäfte, die mich hier den ganzen Tag zurückhalten."

"Aber ich weiß nicht, was ich mit diesem Kerl machen soll," sagte der Capitain kläglich, indem er die dargebotene Banknote ergriff. "Wenn er sich für Das, was Du ihm gethan, mit einer Pfundnote abfinden läßt, so ist er fügsamer, als wofür ich ihn halte."

"Er wird sehr froh sein, wenn man ihn laufen läßt, anstatt ihn der Polizei zu überliefern," bemerkte Mr. Prendergast.

"Aber ich weiß nicht, was ich mit ihm machen soll," sagte Capitain Donnellan. "Er sagt, er könne nicht stehen."

"Nun dann legt ihn auf den Düngerhaufen," sagte Owen Fitzgerald, "aber um's Himmels willen laß ihn nicht mich noch ein Mal behelligen. Uebrigens, wenn Du nicht bald machst, daß Du fortkommst, so versäumst Du die ganze Jagd."

Der Capitain, welcher wohl merkte, daß er hier nicht gebraucht ward, entfernte sich nun wirklich und warf, indem er forttritt, einen Abschiedsblick auf Aby, welcher stöhnend auf dem Rasen neben dem Gebüsch lag.

"Er ist mausetodt, glaube ich, gnädiger Herr," sagte Thady, welcher neben ihm stand.

„Na, er wird schon wieder lebendig werden, ehe es Abend wird," sagte der Capitain.

„Das ist wohl möglich, gnädiger Herr," sagte Thady, und setzte dann, während der Capitain die Allee hinabritt, bei sich selbst hinzu: „Richtig ist es aber doch nicht. Mein Herr hat eine gar so schwere Hand."

Und dann stand Thady eine Weile unschlüssig da und bemühte sich, Aby durch den Anblick der Pfundnote, die er zwischen Daumen und Zeigefinger emporhielt, wieder in's Leben zurückzurufen.

Und nun waren Mr. Prendergast und Owen wieder allein.

„Was soll ich denn aber thun?" fragte Owen nach einer Pause von mehrern Minuten, und that diese Frage in ernstem, feierlichem Tone.

„Vor der Hand," antwortete Mr. Prendergast, „das heißt während der nächsten zwei oder drei Tage dürfen Sie nach meiner Ansicht gar Nichts thun. Sobald als die Wirkungen des ersten Schreckens auf Schloß Richmond überwunden sind, wird Herbert mit Ihnen sprechen. Es wird wünschenswerth sein, daß Sie miteinander die Maßnahmen verabreden, welche sich als wünschenswerth herausstellen werden. Wir müssen erst unbedingte Beweise für die Wahrheit dieser Geschichte haben. Sie werden, hoffe ich, Mr. Fitzgerald, selbst der Ansicht sein, daß die Sache noch Zweifel zuläßt."

Owen nickte ungeduldig mit dem Kopfe, als ob es von Seiten Mr. Prendergast's überflüssig wäre, dies hervorzuheben. Er wünschte nicht, die Sache auch nur einen Augenblick eher für wahr zu halten, als es nothwendig war.

„Es ist meine Pflicht, diese Warnung auszusprechen," hob Mr. Prendergast wieder an. „Viele Juristen — Sie wissen wohl, daß ich Jurist bin?"

„Ich wußte es nicht," sagte Owen, „aber es macht keinen Unterschied."

„Ich danke Ihnen; das ist sehr gütig von Ihnen," entgegnete Mr. Prendergast, obschon dieser Sarcasmus von seinem Zuhörer völlig unbeachtet blieb. „Manche Juristen würden, wie ich eben sagen wollte, in einem solchen Falle ihren Clienten gerathen haben, ihren Argwohn, ja ihre Ueberzeugung für sich selbst zu behalten. Warum sollen wir dem Gegner in die Hände arbeiten? würden sie fragen. Ich aber habe es für besser gehalten, gar keinen Gegner zu haben."

„Und Sie werden auch keinen haben," sagte Owen, „wenigstens nicht an mir."

„Ich freue mich, wahrzunehmen, daß mein Rath kein unangemessener gewesen ist," entgegnete

Mr. Prendergast. „Ich dachte, daß, wenn Sie die erste Andeutung über diese Umstände aus anderer Quelle erhielten, Sie sich verpflichtet erachten würden, einen Agenten mit der Wahrnehmung Ihrer Interessen zu beauftragen."

„Nein, ich würde Nichts der Art gethan haben," antwortete Owen.

„Aber, mein lieber junger Freund, in einem solchen Falle wäre es Ihre P f l i ch t gewesen, dies zu thun."

„Dann hätte ich meine Pflicht vernachlässigt. Und sagen Sie Herbert von mir, möge die Wahrheit sein, wie sie wolle, so werde ich ihn in seinem Titel oder Besitzthum durchaus nicht stören. Dieser Punkt ist es nicht, wo ich Gerechtigkeit oder Rache suchen werde. Er wird schon verstehen, was ich meine."

Mr. Prendergast aber verstand ihn nicht, und eben so wenig vermochte er, sich in Owen Fitzgerald's Ansichten hineinzudenken. Beide waren Freunde der Gerechtigkeit, aber auf wesentlich verschiedene Weise. Mr. Prendergast's Gerechtigkeit hatte ihren Grund in Nachdenken und Erziehung. Als junger Mann, und als er in seinen Beruf eintrat, war er wahrscheinlich weniger gerecht, als jetzt. Er hatte über Gesetz und Billigkeit nachgedacht, bis das Nachdenken ihm die Schönheit der Billigkeit gezeigt, so wie sie geübt werden sollte — oft mit Hülfe des Gesetzes und nicht selten trotz des Gesetzes.

Dies war Mr. Prendergast's Gerechtigkeit.

Owen Fitzgerald's Gerechtigkeit hatte ihren Grund in Instinkt und Natur, und war mehr die Gerechtigkeit eines sehr jungen Mannes, als die eines sehr weisen. Dieser Titel und dieses Besitzthum gehörte seinem Gefühle nach von Rechtswegen nicht ihm, sondern seinem Cousin. Welch' einen Unterschied konnte es in der wahren Gerechtigkeit der Dinge ausmachen, ob jener Elende, den alle Welt als todt betrachtet, noch am Leben war, oder nicht? Von Rechtswegen sollte er todt sein. Jetzt, wo diese Calamität des Lebens dieses Mannes über Sir Thomas und Lady Fitzgerald und seinen Cousin Herbert hereingebrochen war, kam es ihm nicht zu, diese Calamität noch dadurch zu erschweren, daß er sich eines Erbtheils bemächtigte, welches ihm vielleicht dem Buchstaben des weltlichen Gesetzes nach zufiel, dem Gesetze des Himmels gemäß aber ihm nimmermehr zufallen konnte.

Dies war Owen Fitzgerald's Gerechtigkeit, und wir müssen zum Nachtheil derselben, wenn wir sie mit jener andern vergleichen, sagen, daß, während die Mr. Prendergast's für immer und ewig sich bewährte, die Owen's der Einwirkung eines zehnjährigen Kampfes kaum widerstanden haben würde. Hätte er Kinder gehabt, würde er dann nicht bedacht haben, welches Erbe ihnen von Rechtswegen hätte zufallen sollen?

Owen hatte aber nicht allein von Gerechtigkeit, sondern auch von Rache gesprochen, und in dieser Beziehung tappte Mr. Prendergast völlig im Dunkeln. Was war das für eine Rache? Er wußte nicht, daß der arme Owen eine Liebe verloren, und daß Herbert dieselbe gefunden hatte. Mitten unter all' den verworrenen Gedanken, welche diese außerordentliche Mittheilung in ihm erweckt, dachte Owen immer noch an seine Liebe. Hier hatte Herbert ihn beraubt — er hatte ihn mittelst seines Reichthums beraubt, und in diesem Punkte verlangte Owen Gerechtigkeit — Gerechtigkeit, oder Rache. Er wollte seine Liebe wieder haben. Nur diese verlangte er, und Herbert konnte seinen Titel und seine Besitzthümer behalten.

Mr. Prendergast blieb noch etwa eine halbe Stunde, indem er auseinandersetzte, was zu thun sei und wie es gethan werden müsse. Natürlich bekämpfte er Owen's Idee, daß das Besitzthum in den Händen des falschen Erben bleiben dürfe. Hätte dies mit seinen Ansichten von Gerechtigkeit übereingestimmt, so hätte er nicht diesen Morgen seinen

Besuch in Hap House gemacht. Das Recht mußte seine Geltung haben, und wenn sich herausstellte, daß Lady Fitzgerald's Ehe mit Sir Thomas keine gesetzlich gültige gewesen, so mußte Owen nach Sir Thomas' Tode Sir Owen werden, und Herbert konnte nicht Sir Herbert werden. Dies war für Mr. Prendergast so klar, wie Krystall. Gerechtigkeit mußte walten, und wenn der Himmel von Schloß Richmond einstürzte.

Dann entfernte sich Mr. Prendergast und überließ Owen seiner Aufregung und seiner Einsamkeit.

„Und wo ist denn jener Mann?" fragte Mr. Prendergast, als er sich anschickte, in seinen Wagen zu steigen.

„Ach, mein bester Herr, es geht sehr schlecht mit ihm," antwortete Thady. „Er sitzt am Küchenfeuer und stöhnt und winselt, hat aber, seitdem unser Herr ihn zur Thür hinauswarf, noch kein Wort gesprochen. Dabei blutet sein Gesicht immer noch."

„Wascht ihm seine Wunde aus und gebt ihm eine Tasse Thee," sagte Mr. Prendergast und fuhr dann seines Weges.

Seltsame Gedanken gingen Owen Fitzgerald durch den Kopf, als er so in seinem Jagdcostüm allein dasaß und sich auf den noch gedeckten Frühstückstisch stützte. Sie gingen ihm durch's Gehirn, rückwärts und vorwärts, und blieben endlich darin und gewannen beinahe die Form eines bestimmten Vorsatzes. Er wollte mit Herbert einen Vertrag schließen. Jeder sollte behalten, was mit Recht sein Eigenthum war.

Herbert sollte alle die umfangreichen Fluren von Schloß Richmond behalten, eben so wie den Titel, den Sitz im Parlament und den ersten Rang in der Grafschaft.

Owen dagegen verlangte Nichts als — Clara Desmond. Er begehrte Nichts, was nicht mit Recht sein Eigenthum war, aber Clara betrachtete er als sein Eigenthum, und ohne sie wußte er nicht, wie er der Zukunft des Lebens entgegengehen sollte.

Und indem er dieses Arrangement bei sich selbst überdachte, ließ er auch Clara's Gefühle nicht unberücksichtigt; er brachte ihr Herz in Anschlag, obschon er mit ihren materiellen Aussichten dies nicht that. Sie hatte ihn geliebt — ihn — Owen, und er konnte sich nicht überwinden, zu glauben, daß dies nicht auch jetzt noch der Fall sei. Ihre Mutter hatte zu große Macht über sie besessen, und sie hatte sich überreden lassen; was aber ihr Herz betraf, so konnte Owen nimmermehr glauben, daß sich dieses von ihm abgewendet habe.

Deßhalb wollte er mit seinem Cousin ein Abkommen treffen. Ehre und Ruf, Geld und Titel waren sicherlich für seinen Cousin Alles. Herbert war in der Erwartung dieser Dinge aufgezogen worden, und alle Welt um ihn herum erwartete sie für ihn. Es mußte schrecklich für ihn sein, sich derselben auf ein Mal beraubt zu sehen. Für Owen Fitzgerald dagegen war Clara's Verlust eben so schrecklich. Sein Herz war erfüllt von einem romantischen Ehrgefühl, welches ihn lehrte, daß es ihm als Mann nicht gezieme, seine Liebe aufzugeben. Ohne sie war er vor seinen eigenen Augen entehrt, wer aber mußte nicht eine gute Meinung von ihm gewinnen, wenn er sich des Besitzes von Schloß Richmond mit allem Zubehör enthielt?

Ja, er wollte mit Herbert ein Abkommen treffen. Wer in der ganzen Welt konnte sein Recht, dies zu thun, in Abrede stellen?

Während er noch so dasaß und über diese Dinge nachdachte, hörte er plötzlich ein Getöse, als ob viele Reiter die Allee herabkämen, und als er an das Fenster trat, sah er zwei oder drei Reiter, die der übrigen Jagd voraneilten. Zwischen, vor und neben ihnen her rannten die Hunde in den die Straße einfassenden Lorbeergebüschen hinein und heraus, mit den Nasen dicht auf dem Boden und dann und wann ein kurzes Gekläff ausstoßend, wenn sie von dem den Boden bedeckenden Laube eine unsichere Witterung erhaschten, worauf sie dann die Fährte schleunigst weiter verfolgten.

„Heda! Joho! D'rauf! d'rauf! Hier muß er hin, und lebendig kommt er nun nicht davon. Wie kann die Bestie nur auf den Einfall kommen, sich hier in der Nähe von Mr. Owen verstecken zu wollen?"

Und nun kam, scharf durch die andern Reiter hindurchtrabend, ein großer starker Mann mit blühendem, schönem Gesicht. Er konnte einige fünfzig Jahre alt sein, aber keiner selbst der jüngsten Reiter war so feurig und ungestüm, wie er. Er ritt einen stark gebauten braunen Traber, der sich eben so begierig vorwärts drängte, wie sein Reiter. Alle machten Platz für ihn, bis er sich dicht an dem Strauchwerk vor dem Hause befand.

„Aber, meine Herren," rief er in zornigem Tone, „wie sollen denn die Hunde die Spur verfolgen, wenn Sie dieselben auf diese Weise drängen?"

Der Reiter, der diese Worte sprach, war Sam O'Grady, der König aller Fuchsjäger weit und breit und Owen's Ideal. Er war der beste, gutmüthigste Mensch, den man sich denken konnte, und allgemein beliebt.

„Ja, Sie haben Recht; er muß hier ausgebrochen sein. Hier unter dem Lorbeergebüsch ist er gewesen und kann unmöglich weit sein. Es giebt hier in der Nähe eine Schleuße, die ich kenne und die er wahrscheinlich auch kennt. Mr. Owen kennt dieselbe aber eben so gut, und er hat daher keine Aussicht, zu entrinnen."

So antwortete Pat, der alte Jägersmann von Duhallow, dessen Schlauheit und Erfahrung ihn in den Stand setzte, dem schlauesten und erfahrensten Fuchse in sämmtlichen drei benachbarten Baronieen die Spitze zu bieten.

Und nun war die ganze Auffahrt vor der Thür mit Rothröcken angefüllt, und Owen, der durch sein Speisezimmerfenster schaute, fühlte, daß er irgend einen Schritt thun müsse. Bei gewöhnlichen Gelegenheiten würde er, wenn die Jagd so nahe an seinem Hause vorübergekommen wäre, sofort vom Pferde gesprungen und in seinen Keller hinuntergeeilt sein, um Sherry und Kirschbranntwein heraufzuschicken. Es hätte dann gutes Getränk und auch vielleicht kalte Küche gegeben, und es wäre Jeder in und außer dem Hause willkommen gewesen.

Jetzt aber konnte er sich in der Unruhe seines Herzens nicht überwinden, sich unter die Leute zu mischen, die ihn so gut kannten und unter welchen er gewöhnlich so geräuschvoll lustig war. In der Kleidung, die er trug, konnte er nicht unter sie hinausgehen, ohne zu erklären, weßhalb er zu Hause geblieben, und er fühlte, daß er in dem gegenwärtigen Augenblick nicht im Stande war, irgend eine Erklärung zu geben.

„Was ist denn mit Owen?", sagte einer der Fuchsjäger zu Capitain Donnellan.

„Ich weiß es selbst nicht recht. Heute morgen, ehe er noch aufgestanden war, kamen zwei Kerls zu ihm — in Geschäftsangelegenheiten, sagten sie. Den Einen hätte er beinahe ermordet, und mit dem Andern sitzt er noch diese Minute irgendwo eingeschlossen."

Mittlerweile aber kam ein Diener zu Mr. O'Grady heraus und ersuchte ihn, indem er an den Hut griff, auf einen Augenblick in das Haus hineinzukommen. Mr. O'Grady stieg sogleich ab und ging hinein.

Er blieb nur zwei Minuten, denn seine Gedanken waren fortwährend draußen unter dem Lorbeergebüsch bei dem Fuchs. Als er aber den Fuß wieder in den Steigbügel setzte, sagte er zu seiner Umgebung, sie müßten sich schleunigst wieder aufmachen, weil Owen Fitzgerald heute nicht gestört werden dürfe.

Man kann sich daher leicht denken, daß das Geheimniß sich in diesem Theile der Grafschaft Cork sehr schnell verbreitete.

Die Jäger mußten weiter, aber nicht eher, als bis sie Rechenschaft von ihrem Fuchs geben konnten. Weder um der Götter, noch der Menschen willen durfte man von ihm ablassen, so lange sein Fell noch auf der Oberfläche der Erde und ganz war.

Die Verfolgung eines Fuchses besitzt eine Wichtigkeit, welche ihr einen Charakter giebt, der von jedem andern Amüsement, welchem die Menschen in diesen Regionen obliegen, ganz verschieden ist. Sie rechtfertigt fast Alles, was Menschen thun können, und zwar zu jeder Zeit und an jedem Orte. Sie besitzt gewissermaßen eine Heiligkeit, welche jede Unterbrechung verbietet und die Theilnehmer unter allen Umständen gegen jede Strafe für Ein- oder Uebergriffe sicher stellt.

Die sämmtlichen Fuchsjäger galoppirten um das Haus herum nach einem eingehegten Rasenplatz auf der Hinterseite, und dann durch den Stallhof zurück nach der Vorderseite. Die Hunde rannten wild durcheinander, blieben aber stets auf der Spur des dem Untergange geweihten Thieres. Von einem Dickicht zum andern suchte er sich zu verbergen, die feuchten Blätter des Unterholzes aber verriethen ihn.

Er versuchte jedes Loch und jede Ritze in der Nähe des Hauses, aber diese waren alle durch Owen's eifersüchtige Sorgfalt verstopft. Er hätte es sich selbst niemals verziehen, wenn es in der Nähe seines Wohnsitzes einem Fuchse gelungen wäre, in ein Versteck zu entwischen.

Endlich hörte man ein lautes Jubelgeschrei dicht vor dem Haupteingange. Der arme Fuchs hatte sich mit dem letzten Aufgebot seiner Kraft in das Dickicht vor der Thür geflüchtet, und hier hatten die Hunde ihn genau auf derselben Stelle zerrissen, wo Aby Mollett zum Fall gekommen war.

Von dem Fenster zurücktretend und immer noch an Clara Desmond denkend, sah Owen Fitzgerald das Schicksal des gehetzten Thieres. Er sah, wie Kopf und Schwanz durch den alten Pat von dem Rumpfe getrennt und dieser dann den Hunden preisgegeben ward — eine Ceremonie, welcher er so viele hundert Mal beigewohnt — und dann, als die Hunde aufgehört hatten, über den blutigen Ueberresten zu knurren, sah er die Jagd sich hinwegbewegen — die Allee hinab nach der Landstraße. Alles Dies sah er, aber immer noch dachte er an Clara Desmond.

———

Drittes Kapitel.

Ein schmutziger Spaziergang an einem nassen Morgen.

Dieser ganze Tag ward auf Schloß Richmond sehr ruhig zugebracht. Herbert verließ das Haus nicht ein einziges Mal und hatte Mr. Somers ersuchen lassen, ihn bei der Versammlung eines Hülfscomités, welcher er hätte beiwohnen sollen, zu entschuldigen. Einen großen Theil des Tages brachte er bei seinem Vater zu, welcher fast regungslos dalag, in einem Zustande, der fast an Schlafsucht grenzte.

Während aller dieser langen Stunden ward über diese Familientragödie sehr wenig gesprochen. Was sollte jetzt weiter gesagt werden, jetzt wo das Schlimmste sie ereilt hatte — all' jenes Schlimmste, welches Sir Thomas mit so übermenschlicher Pein zu verheimlichen bemüht gewesen war?

Vier oder fünf Mal während des Tages ging Herbert auch zu seiner Mutter, blieb aber bei dieser nie lange. Mit ihr konnte er kaum über irgend einen Gegenstand sprechen, denn ihr war die Geschichte noch nicht erzählt worden.

Wenn er so von Zeit zu Zeit mit einigen sanften Worten oder noch sanfterem Kusse zu ihr kam, that sie keine Frage an ihn. Sie wußte, daß er nun Alles erfahren, und an der feierlichen Wolke auf seiner Stirn errieth sie auch, daß dieses Ganze sehr schrecklich sein mußte.

Wir können sogar vermuthen, daß ihr Frauenherz Etwas von der Wahrheit errathen hatte. Aber sie wollte Niemanden fragen. Ihre Dienerin, die Jones, wußte Alles — davon war sie überzeugt, aber auch an diese richtete sie nicht eine einzige Frage. Ganz gewiß ward es ihr gesagt, sobald man es angemessen fand. Warum sollte sie daher selbst Schritte thun?

So oft Herbert ihr Zimmer betrat, versuchte sie ihn mit einem Lächeln zu empfangen. Es war klar, daß sie sich stets über seinen Eintritt freute und daß sie Etwas darin suchte, ihn freundlich zu bewillkommnen. Sie legte alle Mal leise und mit der geringsten Bewegung ein Buch hinweg, Herbert aber wußte recht wohl, was für ein Buch es war, und wo seine Mutter die Kraft suchte, welche sie in den Stand setzte, eine solche schwere Zeit der Prüfung zu bestehen.

Dann mußte er auch seine Schwestern besuchen, die sich langsam im Hause umherbewegten wie die Gespenster ihres frühern Ich. Man hörte ihre Stimmen kaum, ihr gewohntes Gelächter ließ sich nicht mehr aus dem Zimmer vernehmen, in welchem sie saßen, und wenn sie an ihrem Bruder im Hause vorüber kamen, wagten sie kaum, ihm einige Worte zuzuflüstern. Sich mit Mr. Prendergast zu Tische zu setzen, versuchten sie jetzt gar nicht mehr, sondern mieden selbst den Schall seiner Fußtritte.

Tante Letty sprach vielleicht mehr als die Andern, aber was konnte sie in der Hauptsache auch weiter sagen?

„Herbert," sagte sie ein Mal, als sie ihm dicht an der Thür des Bibliothekzimmers begegnete und ihn fast mit in das Zimmer hineinzog, „Herbert, ich fordere Dich hiermit auf, mir zu sagen, was alles Dies heißen soll."

„Ich kann Dir Nichts sagen, liebe Tante, Nichts; — wenigstens jetzt noch nicht."

„Aber, Herbert, sage mir, betrifft es meine Schwester?"

Schon seit vielen Jahren nannte Tante Letty Lady Fitzgerald stets ihre Schwester.

„Ich kann Dir Nichts sagen — wenigstens heute nicht."

„Also morgen."

„Das weiß ich nicht. Wir müssen Mr. Prendergast die Sache nach seinem Gutdünken führen lassen. Ich habe Nichts auf mich genommen, Tante Letty — Nichts."

„Dann will ich Dir Etwas sagen, Herbert. Es wird mich umbringen. Es wird uns Alle umbringen, eben so wie es Deinen Vater und Deine gute Mutter umbringt. Ich sage Dir, daß sie es nicht mehr ertragen kann. Die menschliche Natur kann so Etwas ein Mal nicht aushalten. Was mich betrifft, so könnte ich alles Mißgeschick ruhig hinnehmen, dafern man mir nur Vertrauen schenkte."

Und dann setzte sie sich in einen der Bibliothekzimmerstühle mit den hohen Lehnen nieder und brach in einen Thränenstrom aus, ein Anblick, dessen sich Herbert in Bezug auf Tante Letty noch nie hatte erinnern können.

„Was wäre es denn weiter, wenn wir Alle stürben?" dachte Herbert in der Bitterkeit des Augenblicks bei sich selbst. Einigen von ihnen standen ja Dinge bevor, welche schlimmer waren, als Tod. Wie konnte Tante Letty von ihrem Elend sprechen? Allerdings fühlte sie sich unglücklich, wie sie Alle waren, aber wie konnte sie die Bürde beurtheilen, die auf seinen Schultern lastete? Was war Clara Desmond ihr?

Bald nach der Mittagsstunde war Mr. Prendergast von seinem Besuche bei Owen Fitzgerald wieder nach Hause, aber er schlich sich nach seinem Zimmer hinauf, und Niemand sah Etwas von ihm. Um halb sechs Uhr kam er herunter in's Speisezimmer, und Herbert zwang sich, mit am Tische zu sitzen, und so verging der Tag.

Nur noch einen Tag sollte Mr. Prendergast auf Schloß Richmond verweilen, und dann, wenn, wie er erwartete, gewisse Briefe an diesem Morgen eingingen, wollte er spät am nächstfolgenden Tage wieder nach London aufbrechen. Man kann sich denken, daß er selbst durchaus keinen Wunsch empfand, seinen Besuch länger als nöthig dauern zu lassen.

Zeitig am nächstfolgenden Morgen brach Herbert auf, um einen langen einsamen Spaziergang zu machen. Mr. Prendergast wollte an diesem Tage Lady Fitzgerald von Allem in Kenntniß setzen und hatte mit Herbert verabredet, daß dieser während dieser Mittheilung nicht im Hause sein sollte. Am Abend, wenn er nach Hause käme, sollte er sie dann sprechen. Somit machte er sich auf und faßte, ehe er ging, auch noch einige andere Entschlüsse. Er wollte, ehe er wieder nach Hause käme, auch einen Besuch in Desmond Court machen und die beiden Damen dort von dem Schicksal unterrichten, welches ihrer Aller harrte. Dann sollten sie ihn wissen lassen, welches Schicksal ihm beschieden sei; in dieser Beziehung aber wollte er sie weiter nicht zur Eile drängen.

Somit brach er auf, indem er sich vornahm, den Weg nach Desmond Court über Gortnaclough zu nehmen und von ersterm Orte nach Hause zurückzukehren. Es war dies ein Weg von mehr als zwanzig langen irischen Meilen, aber Herbert fühlte, daß die Anstrengung ihm wohlthätig sein würde. Es war mehr Instinkt als Nachdenken, was ihn lehrte, daß es für ihn gut sein würde, die Muskeln seines Körpers anzustrengen und auf diese Weise den Muskeln seines Geistes Erleichterung zu verschaffen. Wenn seine Glieder gründlich müde wurden — so müde, daß er auszuruhen wünschte — dann konnte er hoffen, daß er einen Augenblick lang aufhören würde, an all' diese Kümmernisse zu denken, von welchen er sich jetzt umringt sah.

Er trat seinen Marsch an und nahm weiter Nichts mit, als einen derben Stock und seine eigenen Gedanken. Er ging quer durch die Felder und erreichte dann die Straße, welche über Gortnaclough und Boherbue nach Castle Island und den wüsten Gegenden der Grafschaft Kerry führte. Die Leute, die ihm in der Nähe des Schlosses begegneten, enthielten sich, ihn anzureden, denn sie wußten Alle, daß die Familie von einem schweren Schlage getroffen worden. Sie sahen ihn mit gesenkten Augen und trauernden Herzen an, denn sie liebten schon den Namen Fitzgerald.

Die Liebe, welche ein armer Irländer für den Gentleman fühlt, den er als seinen Herrn betrachtet — obschon er wahrscheinlich von ihm an baarem Gelde niemals den Lohn für ein einziges Tagewerk erhalten, und während ihres ganzen Verkehrs Der gewesen ist, welcher Geld bezahlt, aber nicht Der, welcher dessen empfangen hat — die Liebe, welche er nichtsdestoweniger fühlt, wenn er dann und wann freundlich angelächelt oder angeredet worden, muß einem Engländer unbegreiflich erscheinen.

Herbert erreichte die Landstraße und setzte seinen Marsch mit raschem Schritte weiter fort. Der Schmutz war tief, aber er ging durch den dicksten hindurch, ohne daran zu denken. Es dauerte nicht

lange, so fiel ein kalter, leichter, feiner Regen, ein
Regen, der allmählich, aber sicher, den Weg bis zu
dem innersten Fetzen der Kleidung eines Menschen
findet, an der innern Seite des wasserdichten Rockes
emporläuft und durch seine Hartnäckigkeit sogar die
Falten des Halstuchs durchdringt. Ein solcher kalter, feiner Regen ist die gewöhnlichste Form schlech-
ten Wetters während der irischen Winter, und Leute,
die ein Mal viel im Freien sind, gewöhnen sich daran
und behandeln es ganz zart. Sie geben ihm wohl-
klingende Namen, indem sie es „nebelig" und „mild"
nennen und sich, wenn es ihnen zu lange dauert,
höchstens zu dem Ausdrucke „langweilig" versteigen.
Und dennoch athmet der Mensch zu solchen Zeiten
den Regen ein und athmet ihn wieder aus, und
wird gleichsam selbst ein Wassergeist und gewinnt
eine wässerige, fischähnliche Natur.

Es läßt sich nicht leugnen, daß man in Irland
zuweilen naß wird, dennoch aber hat dieses Naß-
werden keinen Schnupfen, keine Heiserkeit zur Folge
und macht keine ungeheure Menge Taschentücher
nöthig, wie bei uns in dem Lande der Katarrhe.
Dort ist es der Ostwind, aber nicht der Regen, welcher die Menschen umbringt, im südlichen Irland
aber weiß man vom Ostwind Nichts.

Herbert marschirte daher lustig weiter, ohne

auf den Nebel zu achten, schwang seinen dicken Stock in der Hand und ging immer schneller. Er war sonst in dergleichen Dingen etwas empfindlich, jetzt aber war es ihm ganz gleich, ob es naß oder trocken war.

Seine Gedanken waren so sehr auf die unmittelbaren Umstände seines Schicksals gerichtet, daß er an kleine äußerliche Unfälle gar nicht denken konnte.

Wie sollte sich sein künftiges Leben in dieser Welt gestalten, und wie sollte er den Kampf durchfechten, der ihm jetzt bevorstand?

Dies war die Frage, die er sich fortwährend vorlegte, und deren Beantwortung ihm gleichwohl nicht gelang.

Wie sollte er von dem Throne herabsteigen, auf welchen ihn die Umstände im frühesten Lebensalter gesetzt, und sich unter dem großen Haufen den Weg zu andern Thronen bahnen? Wäre er für diesen Kampf geboren gewesen, sagte er bei sich selbst, wie leicht und angenehm wäre ihm dann derselbe geworden! Sich aber auf diese Weise durch einen Zufall von seinem Platze verdrängt zu sehen, während die Augen der ganzen Welt auf ihn gerichtet waren, sich bemitleiden und sich kleine Unterstützungen von Menschen anbieten zu lassen, die er als unter ihm stehend betrachtete — alles Dies war furchtbar, und die Bürde für seine Kräfte beinahe zu groß.

„Aus dem Gelde mache ich mir Nichts," sagte er wohl zehn Mal bei sich selbst und sprach in gewisser Beziehung die Wahrheit. Wohl aber machte er sich viel aus Dingen, welche man für Geld kauft — aus Achtung, aus der Berechtigung, unter seinen Mitmenschen mit Autorität zu sprechen, und aus dem Gefühl, daß er unter seines Gleichen eine hervorragende Stellung einnahm. Andere zu überragen, ist der stärkste Wunsch in den Herzen aller Starken, und wie furchtbar hatte diese Katastrophe ihn in Beziehung auf diesen Wunsch zurückgeworfen!

Und was sollten sie nun Alle beginnen — er und seine Mutter und seine Schwestern? Auf welche Weise sollten sie sich benehmen, wenn dieser Mann des Gesetzes und Urtheils sie verlassen hatte?

Was ihn selbst betraf, so mußte seine Handlungsweise in hohem Grade von dem Wort abhängen, welches wahrscheinlich heute in Desmond Court zu ihm gesprochen ward. Es gab immer noch einen Tropfen des Trostes auf dem Boden seines Bechers, wenn ihm doch noch Hoffnung übrig blieb.

In der That und Wahrheit aber hegte er die bangsten Befürchtungen. Was die Gräfin zu ihm sagen würde, glaubte er errathen zu können; was ihm selbst geziemte zu sagen — Das wußte er auch. Hatte er wohl das Recht, auch nur zu hoffen, daß die Liebe eines siebzehnjährigen Mädchens gegen den Willen der Mutter Stand halten würde, während ihr Anbeter selbst sie nicht beim Worte zu halten wagte?

Auch noch ein anderer Gedanke peinigte ihn. Clara hatte auf die Bitten und Vorstellungen ihrer Mutter schon einen armen Bewerber aufgegeben; war es nicht möglich, daß sie, ebenfalls auf die Vorstellungen ihrer Mutter, diesem Bewerber, jetzt wo er nicht mehr arm war, wieder Zutritt gestattete? Wenn nun Owen Fitzgerald ihm Alles nahm?

Und so marschirte er weiter durch Schmutz und Regen, und schwang fortwährend seinen dicken Stock. Vielleicht war, wenn er auf diese Weise mit sich selbst zu Rathe gehen konnte, das Schlimmste für ihn schon vorüber. Der erste Sprung in das kalte Wasser ist es, was erschreckt. Man kann fast sagen, daß jedes menschliche Elend aufhört, furchtbar zu sein, sobald man es auf die geeignete Weise in's Auge faßt, und der Sieg über unser Unglück ist schon halb errungen, wenn wir ihm nur mit einigem, wenn auch nicht mit vollem Muthe die Spitze bieten.

Herbert hatte den Sprung in den tiefen, finstern,

kalten, unerquicklichen Tümpel des Unglücks gethan, und er fühlte, daß das ihn umgebende Wasser wirklich sehr kalt war, der Sprung selbst aber war gethan und das Schlimmste vielleicht vorüber.

Als er sich Gortnaclough näherte, stieß er auf eine jener Schaaren Straßenzerstörer, welche jetzt überall in Thätigkeit waren und ihr körperliches Quantum „gelbes Mehl" mit einer Spitzhacke und einem Schubkarren verdienten. Die Leute waren endlich doch ein Wenig an die Arbeit gewöhnt worden. Es waren Vormänner oder Aufseher mit Namensverzeichnissen da und sahen mehr oder weniger genau darauf, daß die Leute, ehe sie ihre sechs oder acht Pence für ihr Tagewerk erhielten, auch wirklich den Tag mit irgend einer Art Werkzeug in den Händen zubrachten.

Demzufolge begann die Oberfläche des Berges zu verschwinden, und es gab Klüfte in der Straße, welche die Reisenden bewogen, in ihrem Wagen still zu sitzen, mit zornigen Augen hinüberzuschauen und zuweilen den Verüber dieser Thaten mit sehr unfeinen Worten anzureden.

Dieser Verüber war der Arbeitscomité oder, wie man sich kurzweg ausdrückte, der „Comité," und wären diese schlimmen Worte nicht in die Brust Derer, die sie aussprachen, zurückgekehrt, sondern weiter gegangen, so wäre niemals ein Comité mit fürchterlicheren Flüchen oder Verwünschungen beladen gewesen.

Allerdings ist es nicht angenehm für den Reisenden, sich, nachdem er sich durch einen bis an die Axe des Wagens reichenden künstlichen Sumpf hindurch gearbeitet, plötzlich ganz aufgehalten zu sehen, und die Leute bedachten zu jener Zeit nicht so häufig, wie sie hätten thun sollen, daß ein dem Hungertode preisgegebenes Volk sich in einer noch weit schlimmeren Lage befindet.

Herbert war indessen nicht zu Wagen und marschirte daher durch den Schmutz hindurch und über die Klüfte hinweg, ohne auf irgend Etwas zu achten, als er plötzlich durch einige der Arbeiter aufgehalten ward.

Das ganze Land in dieser Gegend gehörte zu Schloß Richmond, und es ließ sich nicht erwarten, daß der junge Gutsherr durch fünfzig bis sechzig seiner Untergebenen hindurchgehen könnte, ohne eine Menge Begrüßungen, Bitten, Segenssprüche und Beschwerden anhören zu müssen.

„Ach, gnädiger junger Herr," sagte einer der Arbeiter am Fuße des Berges, während seine halbgefüllte Schubkarre noch in seinen Händen hing — ein Engländer würde, während er gesprochen, die

Schubkarre niedergesetzt und bei sich selbst eine schnelle Berechnung in Bezug auf die Anstrengung seiner Muskeln angestellt haben; ein Irländer aber würde wegen so kleinlicher Sparsamkeit sich selbst verachten — „ach, gnädiger junger Herr, wie freuen wir uns, Sie zu sehen! Möge der Himmel Ihr Bett sein, denn Sie sind der wahre Freund der Armen."

„Wie geht's Euch, Pat?" fragte Herbert, ohne stehen bleiben zu wollen. „Wie geht's Euch, Morney? Ich hoffe, daß die Arbeit Euch Allen zusagt."

Und dann wollte er, nachdem er den Hut tief über die Stirn hereingezogen, weiter gehen.

Dies konnte aber auf keinen Fall gestattet werden. Erstens war die Aufregung in Folge der Gegenwart des jungen Herrn zu werthvoll, um nicht ordentlich ausgebeutet zu werden, und zweitens, wann bot sich wohl wieder eine so vortreffliche Gelegenheit zur Anbringung von Beschwerden? Menschen, deren ganzer irdischer Genuß in einer knappen Ration widerlicher Nahrung besteht, die eben nur hinreicht, um Leib und Seele zusammenzuhalten, verdienen wohl entschuldigt zu werden, wenn sie ihre Beschwerden auszusprechen wünschen, sobald sie ein der Anhörung derselben geneigtes Ohr finden.

„Ach, guter gnädiger junger Herr, es geht uns

Allen nicht gut, und wie wäre dies auch möglich, so lange das Mehl noch einen Penny das Pfund kostet?" antwortete Pat.

„Ach, dieses Mehl!" sagte Morney, „das ist die jämmerlichste Speise, die jemals ein Mensch zu sich genommen. Ich bin, seitdem ich weiter Nichts zu essen habe, als dieses Mehl, kaum noch im Stande, einen Arm emporzuheben."

„Wir sind Alle kraftlos und hinfällig wie die Katzen," sagte ein Anderer, der nach der Art und Weise, auf welche er seine Glieder bewegte, allerdings nicht mit sonderlicher animalischer Kraft begabt zu sein schien.

„Und mit den Kindern steht es noch schlimmer, gnädiger junger Herr," sagte ein Vierter. „Diese können das Mehl gar nicht vertragen. Sie magern ab und schleichen herum, wie die Schatten an der Wand."

„Und wir sind unser Sechs, gnädiger junger Herr," hob Pat wieder an. „Sechs Mäuler zu füttern, dazu reicht für acht Pence gelbes Mehl schwerlich hin, und Sonntags haben wir gar Nichts."

Und in diesem Tone ging es weiter. Es hätte eben so viel Beschwerden gegeben, als Leute da waren, dafern Herbert sie Alle hätte anhören wollen.

Unter gewöhnlichen Umständen würde Herbert

sie auch wirklich angehört und ihnen jedenfalls den Genuß gewährt haben, den sie darin fanden, mit ihm sprechen zu können. Jetzt aber, an diesem Tage, während er selbst eine so schwere Bürde auf dem Herzen hatte, konnte er nicht ein Mal dies thun. Er konnte nicht an die Kümmernisse dieser Leute denken, sein eigener Kummer schien ihm viel schwerer zu sein.

Und so ging er weiter, arbeitete sich, so gut er konnte, durch sie hindurch und schüttelte sie von sich, während sie ihn festzuhalten suchten. Nichts macht den Menschen egoistischer, als das Unglück.

Und so erreichte er endlich Gortnaclough. Er hatte die Richtung nach diesem Orte nicht in einer bestimmten Absicht gewählt, sondern vielleicht blos deßhalb, weil er dadurch in den Stand gesetzt ward, über Desmond Court nach Hause zurückzukehren. Dieser Ort war einer von denen, an welchen alle vierzehn Tage ein Hülfscomité sich versammelte, und es war auch eine Suppenküche hier, die sich jedoch nicht so bewährt hatte, wie die in Berryhill. Ueberdies war dies auch der Ort, welchen Pater Barney's Coadjutor zu seinem Wohnsitz gewählt hatte.

Trotz diesem Allen aber wußte Herbert, als er sich in der elenden, schmutzigen, krummen, feuchten Gasse des Dorfes sah, nicht was er thun, oder wohin

er sich wenden sollte. Daß Aller Augen in Gortnaclough auf ihn geheftet waren, verstand sich von
selbst. Er konnte nicht wohl sich ohne Weiteres
herumdrehen und den Weg durch das Dorf zurück-
machen, ohne einen Vorwand für seine Hierherkunft
ersichtlich zu machen. Deßhalb ging er in den zu
der Suppenküche gehörigen kleinen Kaufladen und
traf hier den wohlehrwürdigen Mr. Columb Creagh,
der dem kleinen Mädchen hinter dem Ladentische
seine Befehle ertheilte.

Herbert Fitzgerald war in der Regel gegen die
katholischen Geistlichen in seiner Nachbarschaft sehr
höflich — höflicher als jene sehr vortrefflichen Damen
Mistreß Townsend und Tante Letty gut zu sein
schien — gegen Pater Columb aber höflich zu sein,
kam ihm alle Mal schwer an, wie viel mehr an
diesem Tage, wo er überhaupt gegen Niemanden
zu Artigkeiten und Komplimenten aufgelegt war.
Der Coadjutor kannte ihn aber und freute sich, Gelegenheit zu haben, mit ihm zu sprechen, ohne daß er
zu fürchten brauchte, entweder von Mr. Somers,
dem Vorsitzenden, oder von seinem eigenen geistlichen
Vorgesetzten zurechtgewiesen zu werden. Er liebte
es, mit Friedensrichtern und protestantischen Geistlichen an einem und demselben Berathungstische zu
sitzen, aber dennoch war ihm der eigentliche Genuß,

den er sich davon versprochen, bis jetzt noch vorenthalten geblieben. Er hatte viel Aehnlichkeit mit Sancho Pansa in seiner Regierung. Er hatte Tag für Tag an der großen Berathungstafel Platz genommen, aber noch niemals war es ihm vergönnt gewesen, eine Rede zu halten. So oft er einen Anlauf dazu genommen, hatten Mr. Somers oder Pater Barney ihm den Mund gestopft.

Jetzt bot sich ihm Gelegenheit, ein paar Worte zu sagen, und obschon der Ruhm und Genuß nicht von der Art war, als wenn er den gesammten Comité zu Zuhörern gehabt hätte, so war es doch immer Etwas, wenn man ihn vertraulich mit dem jungen Erben von Schloß Richmond über Staatsaffairen sprechen sah.

"Ah, Mr. Fitzgerald! Sie hier! Wie befinden Sie sich?" rief er, indem er den Hut abnahm, sich verneigte, Herbert's Hand ergriff und unbarmherzig schüttelte, was unsern jungen Freund sehr unangenehm berührte.

Herbert fragte, obschon seine Gedanken ganz wo anders weilten, das Mädchen, wie viel Mehl verkauft worden sei, und verlangte das kleine Notizbuch zu sehen, welches hierüber geführt ward.

"Wir kommen hier so ziemlich gut durch, Mr.

Fitzgerald," sagte der Coadjutor. „Ich führe aber auch stets strenge Aufsicht."

„Ich glaube kaum, daß dies nöthig ist," bemerkte Herbert.

„Ich glaube es auch nicht, aber Vorsicht kann Nichts schaden, wissen Sie. Uebrigens muß ich Ihnen gestehen, daß wir mit diesem Mehlverkauf nicht den richtigen Weg eingeschlagen zu haben scheinen. Es ist sehr schlimm, wenn eine arme Frau —"

Obschon der Hülfscomité in Gortnaclough aus Friedensrichtern, katholischen und protestantischen Geistlichen zusammengesetzt war, so war doch der Mehlverkauf hier Herbert Fitzgerald's eigenes Unternehmen. Die Vorräthe waren für sein oder seines Vaters Geld angekauft, das Mehl ward ohne Gewinn auf seine Gefahr verkauft, und die Miethe für das Haus, und der Wochenlohn für die Frau, welche den Verkauf besorgte, ward von seinem Taschengeld bestritten. Unter diesen Umständen sah er keinen Grund zu Mr. Creagh's Einmischung, und war in dem gegenwärtigen Augenblicke weit weniger als sonst geneigt, sich eine solche Einmischung gefallen zu lassen.

„Wir thun, was wir können, Mr. Creagh," sagte er den Geistlichen unterbrechend. „Durch unnöthige Schwierigkeiten kann in solchen Zeiten unmöglich Etwas genützt werden."

„Das ist auch meine Ansicht, nichtsdestoweniger aber glaube ich" —

Und Mr. Creagh umgürtete seine Lenden mit dem Schwert der Beredsamkeit, als er abermals unterbrochen ward.

„Ich habe heute nicht viel Zeit," sagte Herbert; „wenn es Ihnen recht ist, so wollen wir vor der Hand keine Aenderung machen. Laßt das Buch heute nur sein, Sally. Guten Tag, Mr. Creagh."

Und mit diesen Worten verließ er den Laden und ging rasch wieder zum Dorfe hinaus.

Der arme Coadjutor blieb allein auf der Schwelle des Ladens stehen und verwünschte in seinem Herzen den Stolz aller Protestanten. Man hatte ihm gesagt, dieser Mr. Fitzgerald sei nicht wie die Andern, er sei ein Mann, der die Geistlichen liebe und heimlich an der „alten Religion" hänge, und aus diesem Grunde hatte er sich vorgenommen, eine so vortreffliche Gesinnung nach Kräften zu fördern und auszubeuten. Dennoch aber sah er sich nun genöthigt, sich selbst zu gestehen, daß sie Alle Einer wie der Andere seien. Mr. Somers hätte nicht gebieterischer, und Mr. Townsend nicht insolenter sein können.

Und nun marschirte Herbert durch den immer noch fallenden feinen Regen hindurch, weiter nach Desmond Court. Als er das öde Parkthor erreichte, war er fast bis auf die Haut durchnäßt und bis an die Kniee mit Koth bespritzt. Aber daran hatte er unterwegs nicht gedacht. Seine Gedanken waren fortwährend dem ihm bevorstehenden Auftritt zugewendet gewesen.

Mit welchen Worten sollte er Clara Desmond und ihrer Mutter die Nachricht mittheilen, und mit welchen Worten ward wohl dieselbe von ihnen aufgenommen? Noch hatte er sich die erste Frage nicht zu seiner eigenen Zufriedenheit beantwortet, als er durch das öde Parkthor beschmutzt und durchnäßt auf das Hauptgebäude des Schlosses zuschritt.

„Ist Lady Desmond zu Hause?" fragte er den Kellermeister.

„Mylady ist zu Hause," antwortete der graukö pfige alte Mann mit seinem freundlichsten Lächeln, „und Lady Clara ebenfalls."

Er hatte schon gelernt, den Erben von Schloß Richmond als den erwarteten Messias der verarmten Familie von Desmond zu betrachten.

―――――

Viertes Kapitel.

Trostlos.

„Aber, Mr. Herbert, Sie sind ja durch und durch naß," sagte der Kellermeister, sobald Fitzgerald in die Halle eingetreten war. Herbert murmelte, er sei blos ein Wenig feucht, und es habe Nichts zu bedeuten.

Nach der Meinung des Kellermeisters aber hatte es viel, sehr viel zu bedeuten. Wessen Durchnäßt= sein konnte mehr zu bedeuten haben, denn war Mr. Herbert nicht ein künftiger Baronet, der jährlich zwölftausend Pfund Einkünfte hatte, und war er nicht Lady Clara's künftiger Gemahl? Und es sollte Nichts zu bedeuten haben, wenn er durchnäßt war!

„Sie haben wohl diesen ganzen weiten Weg zu Fuße gemacht, Mr. Herbert? Das ist ja etwas ganz Außerordentliches! Ich will Ihnen aber ein Paar Beinkleider von meinem jungen Herrn heraussuchen. Er ist jetzt beinahe eben so groß, wie Sie, Mr. Herbert."

Herbert gab aber fast gar keine Antwort und erklärte sich blos entschieden gegen den Vorschlag, seine Kleider theilweise zu wechseln.

„Ich gehe hinein, wie ich bin," sagte er.

Der alte Kellermeister sah ihm in's Gesicht und bemerkte nun wohl, daß nicht Alles in Ordnung war.

„Er wird doch nicht etwa den Handel wieder aufkündigen?" sagte er bei sich selbst. Er hatte eben so wie die übrige Dienerschaft auf Desmond Court sehr gefürchtet, daß Lady Clara sich an einen armen Freier wegwerfen werde.

Es war jetzt Mittag vorbei, und Fitzgerald ging nach dem Zimmer, in welchem Clara sich um diese Zeit aufzuhalten pflegte. Es war dasselbe, in welchem sie Owen's Besuch empfangen, und hier war sie des Morgens in der Regel allein anzutreffen.

Als aber Herbert jetzt die Thür öffnete, fand er, daß Clara's Mutter bei ihr war. Seit dem Tage, wo Clara auf so vortreffliche Weise über sich verfügt, brachte die Mutter einen größern Theil ihrer Zeit, als sonst, bei ihrer Tochter zu. Sie betrachtete dieselbe durch Herbert Fitzgerald's Augen und begann sich selbst zu gestehen, daß ihr Kind wirklich Schönheit und Reize besaß.

Sie erhob sich, um ihren künftigen Schwiegersohn mit freundlichem Lächeln und jenem bezaubernden, ruhigen Willkommen zu begrüßen, womit eine Frau ihr Haus einem Manne, der wirklich darin willkommen ist, so angenehm zu machen versteht.

Clara stand nicht auf, drehte sich aber herum, sah ihren Verlobten an und begrüßte ihn ebenfalls.

Er trat näher, reichte Beiden die Hand, und erst nachdem er die Clara's eine halbe Minute in der seinen gehalten, sahen sie Beide, daß er ernster war, als gewöhnlich.

„Es geht doch nicht etwa schlimmer mit Sir Thomas?" fragte Lady Desmond in dem Tone erheuchelter Theilnahme, den man so oft hört. Mußte es ihr nicht im Gegentheile sehr lieb sein, wenn dem armen alten schwachen Manne Etwas zustieß, was seinen Hintritt beschleunigte?

„Mein Vater befindet sich seit den letztvergangenen zwei Tagen allerdings nicht recht wohl," sagte er.

„Das thut mir sehr leid," sagte Clara. „Und wie befindet sich Deine Mutter, Herbert?"

"Aber, Herbert, wie naß Sie sind! Sie müssen zu Fuße gegangen sein," sagte die Gräfin.

Herbert sagte mit wenigen schlichten Worten, er sei allerdings zu Fuße gegangen. Er habe geglaubt, dieser Marsch werde ihm wohlthätig sein, und er habe nicht erwartet, daß es so naß sein würde.

Lady Desmond sah ihn scharf an und gewahrte in der That, daß er sehr ernst war — so ernst, daß sie errieth, er sei eben deßwegen hierher gekommen. Dennoch aber ging ihr sein Kummer noch keineswegs zu Herzen. Ohne Zweifel grämte er sich um seines Vaters oder seiner Mutter willen. Die Familie von Schloß Richmond war höchst wahrscheinlich traurig und niedergeschlagen, weil Krankheit und Todesfurcht dort herrschten, ja vielleicht schwebte der Tod selbst über einem theuren Haupt. Aber was ging das sie an? Sie hatte ihre eigenen Kümmernisse und deren vielleicht genug gehabt, um fast nicht anders sein zu können, als egoistisch. Deßhalb fragte sie mit ebenfalls ernster Miene, aber ohne irgend welche lange Befürchtung, nochmals, wie es in Schloß Richmond stände.

"Sag' es uns," bemerkte Clara, indem sie sich erhob. "Ich fürchte, Dein Vater ist sehr krank."

Der alte Baronet war immer sehr freundlich

gegen sie gewesen, und sie liebte und schätzte ihn; für sie war es wirklicher Kummer, zu bedenken, daß irgend welcher Kummer in Schloß Richmond herrschte.

„Ja, er ist krank," sagte Herbert. „Wir haben während der letztverflossenen Tage einen Herrn aus London da gehabt. Er ist ein Freund meines Vaters und heißt Mr. Prendergast."

„Ist er Arzt?" fragte die Gräfin.

„Nein, Arzt ist er nicht," antwortete Herbert. „Er ist Jurist."

Es kam ihm sehr schwer an, mit seiner Geschichte zu beginnen, und vielleicht um so mehr, als er durch und durch naß und mit Schmutz bedeckt war. Er fing an, Frost zu empfinden, und begann einzusehen, daß er sich in diesem Zustande nicht hätte in dieses Zimmer setzen sollen.

Auch Clara errieth aus seinem Gesicht, seinem Tone und seiner Haltung im Allgemeinen, daß er Etwas auf dem Herzen hatte. Zu andern Zeiten, wo er seit dem Tage, an welchem sein Antrag angenommen worden, hier gewesen war, hatte er sich vollständig in der Gewalt gehabt. Man hatte es ihm sogar fast zum Fehler angerechnet, daß er Nichts von der Schüchternheit und dem Zögern eines Liebenden besaß. Er hatte ohne Zweifel zu fühlen geschienen, daß er durchaus kein Bedenken zu tragen brauchte, die schöne Hand, um welche er angehalten, als die seinige zu betrachten. Jetzt aber war sein Wesen und Benehmen ein ganz anderes, als damals.

Lady Desmond empfand jetzt Neugier und Verwunderung, obschon wahrscheinlich noch keinerlei Befürchtung. Warum war ein Jurist von London da gewesen, um Sir Thomas zu einer Zeit zu besuchen, wo dieser so krank war? Und warum war Herbert zu Fuße nach Desmond Court gekommen, um diese Krankheit zu melden? Ganz gewiß hatte die Anwesenheit dieses Juristen in irgend welcher Beziehung zu der Heirath ihrer Tochter gestanden.

"Aber, Herbert," sagte die Gräfin, "Sie sind ja ganz naß. Wollen Sie nicht einige von Patrick's Sachen anziehen?"

"Nein, ich danke Ihnen," entgegnete er. "Ich werde nicht lange bleiben. Ich werde Das, was ich zu sagen habe, sehr bald gesagt haben."

"Aber so thue es doch, Herbert," sagte Clara. "Ich kann es nicht ertragen, Dich so unbehaglich zu sehen. Und übrigens wirst Du doch nicht gleich wieder gehen wollen?"

"Mein Vater ist sehr krank," entgegnete Herbert, "und ich kann daher nicht lange bleiben; doch hielt ich es für meine Pflicht, herüberzukommen und Deiner

Mutter zu sagen, was sich auf Schloß Richmond ereignet hat."

Nun erschrak die Gräfin. Es lag in Herbert's Ton, und in dem Ausdruck seines Gesichts Etwas, was hinreichte, um jedes Frauenherz in Schrecken zu setzen. Was hatte sich auf Schloß Richmond ereignet? Was konnte sich dort ereignet haben, daß es die Anwesenheit eines Juristen nothwendig machte und gleichzeitig ihren künftigen Schwiegersohn so betrübte?

Auch Clara erschrak, obschon sie nicht wußte, warum. Sein Benehmen war so ganz anders, als gewöhnlich, er war so kalt und ernst und feierlich gestimmt, daß sie sich nicht anders als unglücklich fühlen konnte.

„Was ist es denn?" fragte die Gräfin.

Herbert saß einige Minuten lang schweigend da und überlegte, wie er seine Geschichte am Besten erzählen könnte. Den ganzen Morgen hatte er sich vorgenommen, sie zu erzählen, aber er war noch durchaus nicht über die Art und Weise mit sich einig. Es war Alles so furchtbar tragisch, daß er kaum wußte, wie es ihm möglich sein würde, seine Aufgabe zu lösen.

„Ich will doch nicht hoffen, daß irgend einem Mitglied Ihrer Familie ein Unglück zugestoßen ist," sagte Lady Desmond und begann nun zu bedenken, daß es Unglücksfälle geben könnte, welche ihre Tochter näher berührten, als die Krankheit des Baronets oder seiner Gattin.

„Ach, das wäre schrecklich!" rief Clara, indem sie aufstand und die Hände faltete. „Was ist es, Herbert? Warum sprichst Du nicht?"

Und sie trat ihm einen Schritt näher und faßte ihn am Arm.

„Theuerste Clara," sagte er, indem er sie mit innigerer Zärtlichkeit anschaute, als er bis jetzt zu thun gepflegt, „ich glaube, es wird am Besten sein, wenn Du uns jetzt verlässest. Deiner Mutter allein werde ich es besser erzählen können."

„Ja, Clara, geh' — geh', liebes Kind — wir werden Dich wieder rufen."

Clara bewegte sich sehr langsam nach der Thür, und dann drehte sie sich herum.

„Wenn es Etwas ist, was Dich unglücklich macht, Herbert," sagte sie, „so muß ich es wissen, ehe Du mich verlässest."

„Ja, ja," entweder Du, oder Deine Mutter. Du sollst es ganz bestimmt erfahren."

„Ja wohl, Du sollst es erfahren," sagte Lady Desmond. „Geh' nun, liebes Kind, geh'."

Auf diese Weise entlassen, ging Clara und

begab sich auf ihr Zimmer. Hätte Owen ihr Kümmernisse oder Unglücksfälle zu erzählen gehabt, so würde dieser sie ihr ganz gewiß selbst erzählt haben — davon war sie überzeugt.

„Nun Herbert, um's Himmels willen, was giebt es?" fragte die Gräfin schreckenbleich, als Clara das Zimmer verlassen hatte. Sie war nun vollkommen überzeugt, daß Etwas gesprochen werden würde, was geeignet war, störend in die Lebensaussichten ihrer Tochter einzugreifen.

Wir Alle kennen bereits die Geschichte, die Herbert zu erzählen hatte, und brauchen daher bei der Erzählung derselben nicht nochmals gegenwärtig zu sein. Hier sitzend, durchnäßt bis auf die Haut, in Lady Desmond's Besuchzimmer machte Herbert es möglich, Alles zu berichten. — Alles von Anfang bis zu Ende, und zu erklären, daß er nicht mehr Fitzgerald von Schloß Richmond war, sondern ein namenloser, vermögensloser Verstoßener, ohne Hoffnung auf Erbtheil oder Stellung, und hinfort verurtheilt, sein Brot im Schweiße seines Angesichts zu essen, wenn er nämlich so glücklich war, die Mittel zu finden, es zu verdienen.

Lady Desmond unterbrach ihn in seiner Geschichte nicht ein einziges Mal. Sie saß vollkommen still und hörte ihm mit fast unbeweglicher Miene zu.

Sie war zu klug, um ihn wissen zu lassen, was augenblicklich in ihren Gedanken vorging, ehe sie einen festen Entschluß gefaßt, und sie begriff die Wahrheit in ihrem ganzen Umfange, noch ehe er mit dem Erzählen derselben fertig war.

Wir verwenden gewöhnlich drei Mal so viel Worte, als nothwendig sind zu dem Zwecke, den wir im Auge haben; aber hätte er deren auch sechs Mal so viel gebraucht, so würde sie ihn nicht unterbrochen haben. Es war schön von ihm, daß er ihr auf diese Weise Zeit ließ, zu bestimmen, in welchem Ton und mit welchen Worten sie sprechen sollte, sobald dieses Sprechen von ihrer Seite unbedingt nothwendig ward.

„Und nun," schloß er seine Erzählung, indem er sich zugleich vom Stuhle erhob, „nun wissen Sie Alles, Lady Desmond. Es wird vielleicht am Besten sein, daß Clara es von Ihnen erfahre."

Er hatte kein Wort gesagt, daß er seine Ansprüche auf Lady Clara's Hand aufgebe, eben so wenig aber hatte er in irgend einer Weise angedeutet, daß die projectirte Heirath nach seiner Ansicht als noch bestehend betrachtet werden solle. Er hatte nicht gesagt, wie sehr es ihn schmerze, seine künftige Gattin in so bittere Armuth versetzt zu sehen, und ganz gewiß hätte er dies gesagt, wenn er ihr Verhältniß als noch gültig betrachtet hätte; aber er hatte nicht erklärt, daß das Verhältniß nothwendig abgebrochen werden müsse, wie er nach Lady Desmond's Meinung eigentlich hätte thun sollen.

„Ja," sagte sie in kaltem, langsamem, bedeutungslosem Tone, „es wird besser sein, wenn Lady Clara es von mir hört."

In dem Titel, welchen sie auf diese Weise ihrer Tochter gab, las Herbert sofort sein Verdammungsurtheil. Er schwieg jedoch. Die Reihe des Sprechens war nun an der Gräfin.

„Es ist aber doch noch möglich, daß die Sache nicht wahr ist?" sagte sie fast flüsternd und sah ihm nicht in's Gesicht, sondern neben ihn hinweg in's Feuer.

„Möglich ist es allerdings, aber auch nur so möglich, daß ich es nicht für recht hielt, Ihnen die Sache länger zu verschweigen."

„Das wäre allerdings auch sehr unrecht — sehr gewissenlos gewesen," sagte Lady Desmond.

„Ich selbst weiß es erst seit zwei Tagen," sagte er zu seiner Vertheidigung.

„Natürlich waren Sie verbunden, mich sofort davon in Kenntniß zu setzen," sagte sie in schroffem Tone.

„Und ich habe Sie auch sofort davon in Kenntniß

gesetzt, Lady Desmond," antwortete Herbert, und dann schwiegen Beide wieder eine Weile.

„Und Mr. Prendergast glaubt, es walte kein Zweifel ob?" fragte sie.

„Keiner," sagte Herbert sehr entschieden.

„Und hat er es auch Ihrem Cousin Owen gesagt?"

„Ja, gestern, und meine arme Mutter weiß es in diesem Augenblick ebenfalls."

Hierauf trat abermaliges Schweigen ein.

Während der ganzen Zeit hatte Lady Desmond nicht ein einziges Wort des Beileides, nicht eine Sylbe des Bedauerns über die Leiden geäußert, die über Herbert und seine Familie hereingebrochen waren, und er begann sie um dieser Härte und Unfreundlichkeit willen zu hassen. Der Ausdruck ihres Gesichts war schroff, und sie nahm alle seine Worte auf, wie ein Richter sie aufgenommen haben würde, der blos die erforderlichen Indicien sammelt, um dann sein Urtheil zu fällen. Sie fing an, zu glauben, daß sie nun genug gehört, und in Bezug auf ihren Urtheilsspruch konnte kein Zweifel obwalten. Nach Dem, was sie gehört, konnte von einer Heirath zwischen Herbert Fitzgerald und ihrer Tochter nicht mehr die Rede sein.

„Es ist schrecklich," sagte sie, dachte aber dabei

bloß an ihre Tochter und schauderte vor der Gefahr, in welcher sie geschwebt.

„Ja, es ist schrecklich," sagte Herbert ebenfalls schaudernd. Es war ihm fast unglaublich, daß sein großes Unglück von einer Person, die eine so innige Freundin von ihm zu sein vorgegeben, auf diese Weise aufgenommen ward.

„Und was schlagen Sie nun vor, Mr. Fitzgerald?" fragte Lady Desmond.

„Was ich vorschlage?" sagte er, ihre Worte wiederholend. „Bis jetzt habe ich weder Zeit noch Muth gehabt, irgend Etwas vorzuschlagen. Ein solches Unglück wie das, welches ich Ihnen erzählt, bricht nicht über einen Menschen herein, ohne eine Zeitlang seine Urtheilskraft zu lähmen. Ich habe, seitdem Mr. Prendergast mir alles Dies mitgetheilt, so viel an meine Mutter und an Clara gedacht, daß — daß — daß —"

Und es ließ sich in seiner Kehle ein leichtes gurgelndes Geräusch hören, und hinderte ihn am Sprechen. Er schluchzte nicht gerade heraus, und nahm sich auch vor, dies nicht zu thun. Wenn sie so schroff und stark sein konnte, so wollte auch er schroff und stark sein.

Und wieder saß Lady Desmond schweigend da

und überlegte, was sie sagen und wie sie handeln sollte.

Sie war im Grunde genommen weder so grausam noch so gefühllos, wie Herbert Fitzgerald sie fand. Was hatten wohl die Fitzgerald's für sie gethan, daß sie ihr Unglück betrauern sollte? Sie hatte hier in diesem alten, häßlichen Schlosse in Einsamkeit und Armuth gelebt, und Lady Fitzgerald war in ihrem Glücke nicht ein einziges Mal zu ihr gekommen, um die Härte ihres Lebens zu mildern. Sie war als Gräfin nach Irland gekommen, und eine Gräfin war sie gewesen, Anfangs stolz genug in ihrem geringen Glanze — ohne Zweifel zu stolz, und auch stolz genug später in ihrer Einsamkeit und Armuth — und hier hatte sie gelebt — allein. Mochte die Schuld an ihr selbst liegen oder nicht, so hatte sie doch jedenfalls der Güte anderer Menschen sehr wenig zu verdanken, denn Niemand hatte irgend Etwas gethan, um ihr bitteres Loos zu versüßen.

Ihr schwaches, zartes Kind war in demselben Schatten herangewachsen, und war jetzt eine liebliche Jungfrau, begabt mit hoher Geburt und jener außerordentlichen, unschätzbaren Schönheit, von welcher edles Blut so oft begleitet ist. Es gab nun einen Preis innerhalb der Mauern dieses alten

Schlosses — Etwas zu gewinnen, Etwas, wornach ein Mann streben, und was das Herz einer Mutter erfreuen konnte. Aber keine Lady Fitzgerald war zu ihr gekommen. Sie hatte sich niemals darüber beschwert, sagte sie bei sich selbst. Der Vertrag zwischen Clara Desmond und Herbert Fitzgerald war für sie Beide gut gewesen. Der junge Herbert Fitzgerald besaß Geld und Stellung, ihre Tochter besaß Schönheit und edles Blut. Der Vertrag war sonach annehmbar. In all' Diesem aber lag Nichts, was Lady Desmond hätte bewegen müssen, die reiche Familie von Schloß Richmond zu lieben.

Es giebt Menschen, welche sich neugefundenen Freunden sofort mit inniger Liebe zuneigen, aber Lady Desmond gehörte nicht zu diesen. Der Vertrag war geschlossen worden, und ihre Tochter würde im Stande gewesen sein, ihren Antheil an demselben zu erfüllen. Sie war auch jetzt noch im Stande, zu geben, was von ihr ausbedungen worden, Herbert Fitzgerald aber war jetzt bankerott und konnte Nichts geben! Wäre es nicht Wahnsinn gewesen, vorauszusetzen, daß der Vertrag noch zu Recht bestehe?

Nur ein einziger Mensch war in Desmond Court zu ihr gekommen und hatte ihr durch seine Nähe Trost und Erheiterung bereitet. Von allen

Denen, unter welchen sie so viele Jahre lang in
kalter Vereinsamung gelebt, hatte nur ein Einziger
sich ihrem Herzen genähert. Es hatte nur eine einzige irische Stimme gegeben, welche sie gern gehört,
und der Besitzer dieser Stimme hatte ihr Kind geliebt, anstatt sie selbst zu lieben.

Und sie hatte auch dieses Elend getragen, wenn
nicht gut, doch wenigstens muthig. Allerdings
hatte sie diesen Liebhaber von ihrer Tochter getrennt,
aber die Umstände Beider hatten ihr als Mutter
dies zur Pflicht gemacht. Welche Mutter würde
unter denselben Umständen Owen Fitzgerald ihre
Tochter zum Weibe gegeben haben?

Und auf diese Weise hatte sie aus ihrem Hause
die einzige Stimme verbannt, welche wohllautend
an ihr Ohr geschlagen, und wiederum war sie allein
gewesen.

Und dann hatte sie vielleicht, während Herbert
Fitzgerald als reicher, glücklicher Freier das Haus
besuchte, daran gedacht, daß Owen wieder nach
Desmond Court kommen würde, wenn Clara ihren
Wohnsitz auf Schloß Richmond genommen hätte.
Die höheren Lebensjahre rückten allmählich bei ihr
heran. Das wußte sie recht wohl. Sie hatte ihre
Jugend und den Stolz ihres Lebens hingegeben für
die Grafenkrone, welche sie jetzt auf so umwölkter

Stirn trug — sie hatte sie hingegeben für Goldstücke, die sich in ihrer Hand in Stein, Schiefer und Schmutz verwandelt hatten. Ja, die Jahre rückten allmählich heran, nichtsdestoweniger aber hatte sie noch Etwas zu geben. Ihre weibliche Schönheit war noch nicht ganz verwelkt, und sie besaß ein Herz, welches noch jungfräulich war — welches bis jetzt keinen andern Mann geliebt. War das nicht hinreichend, um einige wenige Jahre zu decken, da sie ja ihrerseits Nichts beanspruchte, als Liebe? Und so hatte sie gedacht und ihre Hoffnungen genährt, während Herbert als Verlobter ihrer Tochter bei ihr aus= und einging.

Man kann sich leicht denken, mit welchen Gefühlen sie jenen wahnsinnigen Versuch gesehen, den Owen machte, um den Gegenstand seiner Liebe zurückzuerobern. Aber auch Dies hatte sie muthig, wenn auch nicht gut ertragen. Es hatte sie nicht zum Zorn gereizt, daß ihr Kind von dem einzigen Mann geliebt ward, den sie jemals selbst geliebt. Sie hatte an jenem Tage ihrer Tochter das Haar gestreichelt, und sie auf die Wange geküßt und sie aufgefordert, mit ihrem besseren, reicheren Anbeter glücklich zu sein. Und hatte sie daran nicht recht gethan?

Auch nicht ein Mal gegen Owen war sie erzürnt

gewesen. Sie konnte ihm Alles vergeben, weil sie sie ihn liebte.

Aber war nicht vielleicht doch noch Aussicht für sie, wenn Clara in der That Desmond Court gegen Schloß Richmond vertauschte?

Wie stand es aber nun? Wie sollte sie von all' diesen Dingen jetzt denken? Und wie war es möglich, daß sie noch Mitleid für Lady Fitzgerald's Unglück übrig gehabt hätte? War Lady Fitzgerald bei all' ihrem Unglück nicht immer noch glücklicher, als sie? Mochte kommen, was da wollte, so hatte Lady Fitzgerald ein Leben des Glücks und der Liebe genossen.

Nein, sie konnte weder an Lady Fitzgerald, noch an Herbert denken; sie konnte blos an Owen Fitzgerald, an ihre Tochter und an sich selbst denken. Er, Owen, war jetzt der Erbe von Schloß Richmond und mußte, insoweit sie von dem Stande der Dinge unterrichtet war, bald wirklicher Besitzer werden. Er, der als zu arm und als zu verächtlich im Auge der Welt, um Bräutigam ihrer Tochter zu sein, von Desmond Court hinweggewiesen worden, ward nun der reiche Erbe aller jener umfangreichen Ländereien und jenes alten, vielbegehrten Familientitels. Und dieser Owen liebte ihre Tochter immer noch — er liebte sie nicht, wie Herbert, mit ruhiger, gesetzter, alltäglicher Anhänglichkeit, sondern mit der alten, wahren, leidenschaftlichen Liebe, von welcher sie in Büchern gelesen, und von welcher sie selbst geträumt, ehe sie sich um eine Grafenkrone verkauft.

Daß Owen ihre Tochter so liebte, davon war sie fest überzeugt. Daß andererseits ihre Tochter diesen neuen Erben in ihrem innersten Herzen nicht ebenfalls noch liebe, davon war die Mutter keineswegs überzeugt. Daß ihr Kind das bessere Theil erwählt, indem es Geld und einen Titel wählte, dies hatte sie nicht bezweifelt, und daß Clara, weil sie so gewählt, glücklich werden würde, daran hatte sie ebenfalls nicht gezweifelt. Clara sei jung, pflegte sie bei sich selbst zu sagen, und ihr Herz werde binnen wenigen Monaten ihrer Hand folgen.

Aber nun! wie sollte sie entscheiden, als sie so dasaß, und Herbert Fitzgerald vor ihr stand, düster wie der Tod, kalt, schaudernd, mit Schmutz bedeckt und sein Unglück muthlos und verzagt erzählend, wie ein gepeitschter Hund? Während sie ihm zuhörte, erklärte sie im Stillen zwanzig Mal in einer halben Secunde, daß er nicht den zehnten Theil der Mannheit seines Cousins Owen besäße.

Die Frauen lieben eine kühne Stirn und eine Stimme, welche niemals gesteht, daß ihr Besitzer in dem Kampfe der Welt geschlagen worden. Wäre

Owen mit einer solchen Erzählung gekommen, so würde er trotz alles Dessen, was die Welt ihm zugefügt, kühn sein Recht auf die Hand der Dame seines Herzens behauptet haben.

"Möge sie ihn nehmen," sagte Lady Desmond bei sich selbst, und der Kampf in ihrem Innern war vorüber. Kein Wunder, daß Herbert, als er Mitleid in ihren Zügen suchte, sie schroff und grausam fand. Sie hatte sich selbst geopfert und das Opfer vollendet. Owen Fitzgerald, der Erbe vom Schloß Richmond, Sir Owen, wie er nun bald heißen würde, sollte ihre Tochter haben. Diese Beiden wenigstens sollten glücklich sein. Und sie — sie wollte hier in Desmond Court leben, einsam, wie sie von jeher gelebt.

Während alles Dies ihr durch die Gedanken ging, dachte sie kaum an Herbert und sein Unglück. Daß er aufgegeben und sich selbst überlassen werden müsse, darüber konnte sie ja als Mutter nicht im Mindesten zweifelhaft sein.

Und dennoch war es zu beklagen — sehr zu beklagen. Herbert Fitzgerald mit seinen häuslichen Tugenden, seinem Fleiße und seiner tadellosen Achtbarkeit würde Clara's Lebensweise und Geschmacksrichtung so gut entsprochen haben, wäre er nur der Erbe von Schloß Richmond geblieben. Wenn sie mit Owen in die Welt eintrat, so hatte sie bei Weitem nicht dieselbe gegründete Aussicht auf Lebensglück. Wer konnte sagen, wozu Owen mit seinen leidenschaftlichen Impulsen, seinem starken Willen, seinem zügellosen Temperament und seiner Vergnügungssucht sich hinreißen ließ? Daß er ein edles, liebreiches, wackeres und in seinen innersten Tiefen zärtliches Herz besaß, davon war Lady Desmond wohl überzeugt.

Waren dies aber wohl die Eigenschaften, die ihre Tochter glücklich machten? Wenn Clara ihren künftigen Herrn und Gemahl so kennen lernte, wie ihre Mutter ihn kannte, stand dann wohl zu erwarten, daß sie ihn so lieben und verehren würde, wie ihre Mutter ihn liebte und verehrte? Die Mutter glaubte, Clara habe in ihrem Busen nicht Herz genug für eine solche Liebe. Aber, wie ich schon früher ein Mal gesagt, die Mutter kannte die Tochter nicht.

„Sie sagen, Sie wollen dies Alles Clara mittheilen," sagte Herbert, welcher während dieses Schweigens ebenfalls mit seinen Gedanken zu Rathe gegangen war. „Wenn dies der Fall ist, so kann ich Sie wohl nun verlassen. Sie können sich denken, daß mir viel daran liegt, zu meiner Mutter zurückzukommen."

„Ja, es wird am Besten sein, wenn ich es ihr selbst mittheile," sagte Lady Desmond. „Es ist traurig, sehr traurig, fürwahr sehr traurig."

„Ja, es ist eine schwere Bürde für einen Mann zu tragen," antwortete er sehr langsam. „Was mich selbst jedoch betrifft, so glaube ich, ich kann es tragen, dafern —"

„Dafern?" wiederholte die Gräfin fragend.

„Dafern Clara es tragen kann."

Und nun ward es nothwendig, daß Lady Desmond mit der Sprache herausginge. Es war nicht ihre Absicht, ohne Noth schroff zu sein, aber sie wollte entschieden sein, und während sie sprach, ward ihr Gesicht streng und abstoßend.

„Daß Clara tief bekümmert, tief, tief bekümmert" — sie wiederholte diese Worte mit großem Nachdruck — „sein wird, davon bin ich fest überzeugt," sagte sie. „Sie ist jedoch noch sehr jung und wird es, hoffe ich, mit der Zeit überwinden. Uebrigens glaube ich auch, daß, so jung sie ist, sie doch zur Zahl der Gemüther gehört, in welchen das Gefühl niemals das Urtheil gefangen nimmt. Deßhalb glaube ich, daß sie mit Gottes Gnade im Stande sein wird, es zu ertragen. Aber, Mr. Fitzgerald —"

„Nun?"

„Natürlich sind Sie eben so wie ich der Ansicht — und ich bin überzeugt, daß es für Ihr ausgezeichnetes Urtheil Etwas ist, was sich von selbst versteht — daß zwischen Ihnen und Lady Clara fortan Alles aus sein muß."

Und dann schwieg sie, als ob sie damit Alles gesagt hätte, was als nothwendig betrachtet werden könnte.

Herbert antwortete nicht sofort, sondern stand da in seinem Elend fröstelnd und zitternd. Die Kälte seiner nassen Kleider überwältigte ihn beinahe, und obschon er sich jetzt mühte, das ertödtende Gefühl, welches sich seines Herzens zu bemächtigen drohte, abzuschütteln, so war er doch nicht im Stande, sich zu bemeistern. Er konnte es sich kaum verzeihen, daß er bei einer solchen Gelegenheit sich so von seinen eigenen äußeren Gefühlen hatte überwinden lassen. Aber jetzt konnte er nicht anders.

Auch war er von Hunger erschöpft, obschon er es nicht wußte, denn er hatte an diesem Tage fast weder Speise noch Trank zu sich genommen, und war von dem ungewohnten weiten und anstrengenden Marsch ganz ermattet. Ueberdies war er durch und durch naß und mit dem Schmutz der Straße schwer beladen. Es war daher kein Wunder, wenn

Lady Desmond bei sich selbst gesagt hatte, er sähe aus wie ein gepeitschter Hund.

„Das muß wohl sein, wie Lady Clara entscheiden wird," sagte er endlich, die Worte durch seine klappernden Zähne hindurch stammelnd.

„Es muß sein wie ich sage," entgegnete die Gräfin fest, „sei es nun in Folge Clara's Entscheidung oder der Ihrigen — oder, da nöthig, der meinigen. Wenn Ihre Gefühle aber, wie ich glaube, die eines Mannes von Ehre sind, so werden Sie diese Entscheidung nicht mir oder ihr anheimstellen. Würden Sie wohl jetzt, wo Sie mit der Welt kämpfen müssen, meine Tochter auch in diesen Kampf mit hinabziehen wollen?"

„Wir haben einander versprochen, Freud' und Leid zu theilen. Ich würde ihr jede Freude zu bereiten gesucht haben und —"

„Ja, und wären Sie mit ihr vermählt, so würde sie auch muthig ihren Antheil an dem Leid getragen haben," entgegnete Lady Desmond. „Wer aber hat mehr Ursache, dankbar zu sein, als Sie, daß diese Wahrheit zu Ihrer Kenntniß gekommen ist, ehe Sie die Last einer Gattin von hoher Geburt, aber ohne Vermögen auf sich genommen haben? Allein, mit Ihren Kenntnissen und Talenten, können Sie der Welt in's Antlitz schauen, ohne Etwas zu fürchten.

Wie aber könnten Sie sich jetzt einen Lebensweg bahnen, wenn meine Tochter Ihr Weib wäre? Wenn Sie sich dies recht überlegen, Mr. Fitzgerald, so werden Sie aufhören, es zu wünschen."

"Nimmermehr. Ich habe Ihrer Tochter mein Herz geschenkt und ich kann dieses Geschenk nicht zurücknehmen. Sie hat es angenommen und kann es nicht zurückgeben."

"Und was soll sie dann nach Ihrer Meinung thun?" fragte Lady Desmond in zornigem und fast leidenschaftlichem Tone.

"Warten — eben so wie ich warten muß," sagte Herbert. "Das wird ihre Pflicht sein, eben so wie es, glaube ich, ihr Wunsch ist."

"So — dann soll sie wohl während der nächsten zehn Jahre hier in Einsamkeit ihr junges Herz ertödten, und dann, wenn ihre Jugend und Schönheit dahin ist, erfahren, daß — doch nein, Mr. Fitzgerald, ich will weder für meine Tochter, noch für Sie eine solche Zukunft als möglich denken. Unter den beklagenswerthen Umständen, welche Sie mir jetzt erzählt haben, ist es durchaus nothwendig, daß dieses Heirathsproject rückgängig werde. Fragen Sie Ihre eigene Mutter und hören Sie, was diese sagt. Und wenn Sie ein Mann sind, so werden Sie meinem armen Kinde nicht die schwere Aufgabe

Schloß Richmond. IV.

zumuthen, zu erklären, daß Dem so sein müsse. Sie sind in Folge Ihres Unglücks außer Stande, den mit ihr geschlossenen Vertrag zu halten, und Ihnen kommt es daher zu, zu erklären, daß aus diesem Grunde dieser Vertrag aufgehoben ist."

Herbert war in seinem dermaligen Zustande nicht fähig, mit Lady Desmond zu disputiren. In seinem Gehirn, in seinem Herzen und in seiner Seele — wenigstens sagte er dies später bei sich selbst, denn er hatte vielleicht nur einen undeutlichen Begriff von den verschiedenen Functionen dieser drei verschiedenen Organe — lebte die feste Ueberzeugung, daß, da er und Clara geschworen, einander für das ganze Leben anzugehören und einander zu lieben, kein Unglück, welches Eins von Beiden beträfe, das Andere berechtigen könne, diesen Schwur zu brechen, daß es selbst ihn nicht berechtigen könne, obschon er Der war, der von dem Unglück ereilt worden.

Allerdings hatte er Clara anfangs um ihrer Schönheit willen geliebt; würde er aber wohl aufgehört haben, sie zu lieben, oder würde er sie verstoßen haben, wenn sie nach dem Willen Gottes ihrer Schönheit verlustig gegangen wäre? Würde er sie nicht um so fester an sein Herz gedrückt und ihr mit innigen, tröstenden Worten gesagt haben, daß seine Liebe nun einen tieferen Grund gewonnen, daß sie schon ein Fleisch und eine Familie seien?

Hierin kannte er sich und wußte, daß er stolz darauf gewesen sein würde, dies zu thun und zu fühlen — daß er Jeden mit Entrüstung von sich gewiesen haben würde, der ihm gerathen hätte, anders zu fühlen oder zu handeln.

Und warum sollte Clara's Herz anders sein, als das seinige?

Alles Dies, sage ich, war seine feste Ueberzeugung.

Nichtsdestoweniger aber konnte ihr Herz doch anders sein. Sie betrachtete vielleicht ihr Bündniß mit ganz anderen Gedanken und anderen Ideen, und wenn dies der Fall war, so wollte sein Mund ihr niemals Vorwürfe darüber machen — sein Mund nicht, was auch das Herz thun möchte. Es konnte dies der Fall mit ihr sein, aber er glaubte es nicht, und deßhalb wollte er auch nicht die Entscheidung aussprechen, welche Clara's Mutter von ihm erwartete.

„Wenn Sie ihr dies mitgetheilt haben, so werden Sie mir hoffentlich erlauben, sie selbst zu sprechen," sagte er und umging auf diese Weise den directen Vorschlag, welchen Lady Desmond ihm gemacht.

„Ich soll Ihnen erlauben, meine Tochter zu sprechen?" sagte Lady Desmond, die nun ebenfalls sehr langsam sprach. „Diese Frage kann ich nicht beantworten, wenigstens nicht sofort. Wenn Sie aber die Sache meinen Händen überlassen wollen, so will ich Ihnen schreiben — wenn nicht morgen, doch übermorgen."

„Lieber wäre es mir, wenn Clara schriebe."

„Das kann ich nicht versprechen — ich weiß nicht, in wie weit ihr gesunder Verstand und ihre Kraft ihr unter diesem schweren Schlage treu bleiben wird. Daß sie sowohl um Ihretwillen als auch um ihrer selbst willen furchtbar leiden wird, davon können Sie überzeugt sein."

Und dann trat wieder eine Pause ein, die einige Secunden dauerte.

„Ich werde auf jeden Fall an Clara schreiben," sagte Herbert dann, „und ich werde ihr sagen, daß ich erwarte, sie werde mich sprechen. Ihr Wille soll in dieser Angelegenheit auch mein Wille sein. Wenn sie glaubt, daß ihr Elend, wenn sie ihrem Verhältniß zu einem armen Manne treu bleibt, größer sei, als wenn sie sich von ihm lossagt, dann soll sie von mir kein Wort hören, welches sie als einen Ueberredungsversuch betrachten könnte. Andererseits aber, Lady Desmond, werde ich auch Nichts sagen, was sie berechtigen soll, zu glauben, sie werde von mir eher aufgegeben, als bis ich auf irgend eine Weise von ihr erfahren, von welcher Art ihre eigenen Gefühle sind. Und nun will ich Ihnen Lebewohl sagen."

„Leben Sie wohl," sagte Lady Desmond und war der Meinung, daß es gut sein werde, der Unterredung ein Ende zu machen. „Aber, Mr. Fitzgerald, Sie sind sehr naß, und ich fürchte, Sie frieren. Sie werden wohlthun, wenn Sie erst Etwas genießen, ehe Sie fortgehen."

Trotzdem sie Gräfin war, hatte sie doch keinen Wagen, um ihn nach Hause fahren zu lassen, ja nicht ein Mal ein Reitpferd war für ihn da.

„Nein, ich danke Ihnen, Lady Desmond," sagte er, und ohne ihr die Hand zum Abschied zu reichen, verließ er das Zimmer.

Er war sehr aufgebracht gegen sie, während er versuchte, das Blut schneller in seinen Adern rinnen zu machen, indem er, so rasch er konnte, die in die Landstraße einmündende Allee hinabeilte. Er war so aufgebracht gegen sie, daß er in seiner Entrüstung eine Weile beinahe seinen Vater und seine Mutter und seine eigene Familientragödie vergaß.

Daß Lady Desmond ihre Tochter vor einer

solchen Heirath zu bewahren suchte, war vielleicht zu natürlich; daß sie ihm aber so kalt, so schroff begegnete — ohne einen Funken von Liebe oder Mitleid — ihm, der während seines Verhältnisses zu ihrer Tochter so loyal gewesen — dies war ihm fast unglaublich.

War seine Geschichte nicht von der Art, daß sie das Herz eines Fremden rühren, daß ein Mann darüber weinen mußte? Er selbst hatte Thränen in den Augen jenes trockenen, durch Zeit und Welt abgehärteten Londoner Juristen gesehen, als die volle Tiefe des Unheils sich seinem Herzen aufgedrängt hatte. Ja, Mr. Prendergast war nicht im Stande gewesen, seine Thränen zurückzuhalten, als er die Geschichte erzählte, Lady Desmond aber hatte keine Thräne vergossen, als sie die Kunde vernommen. Keine theilnehmende Botschaft hatte sie der Mutter gesendet, auf welcher die Hand des Höchsten so schwer ruhte. Kein Wort der Zärtlichkeit hatte sie für den sterbenden Vater gehabt, eben so wenig als Mitleid für die übrige Familie, die so nahe daran gewesen, mit der ihrigen in verwandtschaftliche Beziehung zu treten. Nein. Mit gierigen Augen sich nach Reichthum für ihre Tochter umschauend, hatte Lady Desmond eine Partie gefunden, welche ihr zusagte. Jetzt aber sagte diese Partie ihrer Habgier nicht mehr zu, und sie wies, ohne daß es ihren Gefühlen einen Kampf kostete, den Bewerber, der jetzt arm war, und die Familie des Bewerbers, die nun weder vornehm noch einflußreich war, zurück.

Dann fühlte er sich auch aufgebracht gegen Clara, obschon er wußte, daß er bis jetzt noch keine Ursache dazu hatte. Trotzdem was er gesagt und gefühlt, bildete er sich doch ein, daß auch sie kalt und untreu sein würde.

„Laßt sie gehen," sagte er bei sich selbst. „Die Liebe ist Nichts werth, wenn sie sich nicht selbst höherachtet, als alles Andere. Wenn sie mich nicht jetzt in meinem Unglück liebt — wenn sie mich nicht jetzt zu ihrem Gatten wählen will — dann ist ihre Liebe dieses Namens niemals werth gewesen. Die Liebe, die keinen Glauben an sich selbst hat, die sich nicht höher schätzt, als alle irdischen Dinge, ist Nichts. Wenn sie nicht diese rechte, ächte Liebe besitzt, nun dann möge sie zu ihm zurückkehren."

Der Leser weiß, wen Herbert unter diesen „ihm" verstand. Er ging so rasch weiter, daß ihm endlich die Füße vor Ermattung fast den Dienst versagten, und er mehr als ein Mal sich genöthigt sah, sich an einen Zaun anzulehnen. Mit Mühe gelangte er endlich nach Hause und schleppte sich die lange Allee hinauf bis an die Thür. Selbst jetzt war er noch nicht gänzlich durchwärmt, und als er in das Haus trat, fühlte er, daß er ganz untauglich zu dem Werke war, welches er vielleicht noch zu verrichten hatte, ehe er zu Bett gehen konnte.

Fünftes Kapitel.

Getröstet.

Als Herbert Fitzgerald wieder nach Schloß Richmond zurückkam, war es beinahe finster. Er öffnete die Eingangsthür, ohne die Glocke zu ziehen, ging sofort in das Speisezimmer und warf sich in einen großen Lederstuhl, welcher stets in der Nähe des Kamins stand. In diesem brannte ein helles Feuer, und er rückte dicht an dasselbe heran, stemmte seine nassen Füße auf den Feuerschirm und dachte, er wolle sich auf jeden Fall erst wärmen, ehe er die Familie aufsuchte. Das Zimmer mit seinen dunkelrothen Vorhängen und der gleichfarbigen Tapete war beinahe finster, und er wußte, daß er während der nächsten halben Stunde ungesehen und unbeobachtet hier verweilen könnte.

Wenn er nur ein Glas Wein hätte bekommen können! Er versuchte den Flaschenkeller, der eben so oft offen als verschlossen war, jetzt aber war derselbe unglücklicher Weise verschlossen. In einem solchen Falle war es unmöglich, zu sagen, ob der Kellermeister den Schlüssel hatte, oder Tante Letty, und er setzte sich daher wieder nieder, ohne dieses Luxusgenusses theilhaftig geworden zu sein.

Er wußte, daß nun seine Mutter von Allem unterrichtet sein würde, und daß es seine erste Pflicht wäre, zu ihr zu gehen — zu ihr zu gehen und sie zu trösten, wenn Trost möglich war, indem er ihr sagte, daß er Alles ertragen könnte, so weit seine Person in Frage käme, und daß Titel, Reichthum und ein stolzer Name ihm Nichts wären im Vergleich mit der Liebe seiner Mutter.

In welcher Gestalt er auch vor Lady Desmond erschienen sein mochte, so wollte er doch seiner Mutter nicht mit verzagendem Herzen gegenübertreten. Sie sollte nicht seine Zähne klappern hören, oder seine Glieder zittern sehen. Und deßhalb setzte er sich hier nieder, um sich erst zu erwärmen, und ehe fünf Minuten vergingen, war er fest eingeschlafen.

Wie lange er geschlafen hatte, wußte er nicht, wahrscheinlich nicht sehr lange, aber als er erwachte, war es ganz finster. Er schaute einen Augenblick in das Feuer, besann sich, wo er wäre, schüttelte sich, um sich des Schlummers zu erwehren, und richtete sich dann in seinem Stuhle auf. Während er dies that, redete eine sanfte, weiche Stimme dicht an seiner Schulter ihn an.

"Herbert," sagte sie, "bist Du wach?"

Und er fand, daß seine Mutter, auf einem niedrigen Schemel neben ihm sitzend, ihn in seinem Schlafe bewacht hatte:

"Mutter!" rief er.

"Herbert! Mein Kind! mein Sohn!"

Und Mutter und Sohn schlossen einander fest in die Arme. Er hatte sich hier niedergesetzt und überlegt, wie er zu seiner Mutter gehen und ihr Trost in ihrem Kummer bringen, wie er sie ermuthigen wollte, die Welt so zu tragen, wie sie ihr nun beschieden war. Er hatte geglaubt, sie in Verzweiflung versenkt zu finden, und sich vorgenommen, durch seine Versicherungen, seine Küsse, seine Gebete sie wieder zum Selbstvertrauen zurückzuführen. Aber jetzt, als er erwachte, entdeckte er, daß sie ihn in seinem Jammer gehütet und bewacht, während er schlief, um ihn durch ihre Liebkosungen in dem Augenblick zu trösten, wo er zu der Erinnerung an sein Unglück erwachen würde.

"Herbert, Herbert, mein Sohn, mein Sohn!"

sagte sie wieder, indem sie ihn fest in ihre Arme drückte.

„Mutter, hat er es Dir gesagt?"

Ja, sie hatte Alles erfahren, aber kaum mehr, als sie schon vorher gewußt, oder jedenfalls nicht mehr, als sie erwartet hatte.

Und nun sagte sie ihm, daß sie schon seit vielen Tagen die Ueberzeugung gewonnen, daß die Gemüthsunruhe seines Vaters ihren Grund in den Umständen haben müsse, von welchen ihre Vermählung begleitet gewesen. Sie würde, sagte sie, sich darüber ausgesprochen haben, wenn ihr nicht gesagt worden wäre, daß Mr. Prendergast aufgefordert worden, von London hierher zu kommen. Dann hatte sie geglaubt, es sei besser, zu schweigen, wenigstens bis dieser Besuch vorüber wäre.

Und Herbert setzte sich wieder in den Lehnstuhl, und seine Mutter kauerte oder kniete fast auf dem Kissen zu seinen Füßen.

„Theuerste, theuerste, theuerste Mutter!" sagte er, während sie ihr Haupt an seine Schulter lehnte, „wir müssen nun einander mehr lieben, als wir jemals geliebt haben."

„Und nicht wahr, Herbert, Du vergiebst uns Alles, was wir Dir zugefügt haben?"

„Mutter, wenn Du auf diese Weise zu mir

sprichst, so tödtest Du mich. Meine liebe, liebe Mutter!"

Es ward wenig weiter zwischen ihnen über die Sache selbst gesprochen — nur wenig weiter in Worten, aber unendlich viel durch Liebkosungen und innige Versicherungen unsterblicher Liebe und unverbrüchlichen Vertrauens. Und dann fragte sie ihn wegen seiner Braut, und er erzählte ihr, wo er gewesen und was geschehen war.

„Du darfst Deine Ansprüche an sie nicht geltend machen, Herbert," sagte sie zu ihm. „Gott ist gut und er wird Dich auch dies tragen lehren."

„Darf ich nicht?" fragte er in wehklagendem Tone.

„Nein, mein Sohn. Du fordertest sie auf, Deinen Reichthum zu theilen, und es wäre blos" —

„Aber, Mutter, wenn sie es will?"

„Dir kommt es zu, ihr Wort zurückzugeben und Alles der Zeit und ihrem eignen Herzen anheim=zustellen."

„Wenn sie mich aber liebt, Mutter, dann wird sie ihr Wort nicht wieder zurücknehmen. Würde ich ihr wohl das meine zurücknehmen, weil sie von Unglück ereilt worden wäre?"

„Männer und Frauen, Herbert, sind verschieden. Die Eiche fragt nicht darnach, ob der Epheu, der sich an ihr emporrankt, schwach oder stark ist. Ist er schwach, so kann die Eiche ihr Kraft geben. Die Stütze aber, welche den Epheu trägt, muß nothwendig ihre eigene Stärke besitzen.

Herbert gab weiter keine Antwort, sah aber ein, daß er thun müsse, wie seine Mutter ihm sagte. Er sah nun auch, ohne lange mit sich selbst zu disputiren, ein, daß er kein Recht hatte, von Clara Desmond jene Anhänglichkeit an ihn und sein Unglück zu erwarten, die er ihr schuldig gewesen wäre, wenn das Unglück sie betroffen hätte. Er sah dies jetzt ein, aber dennoch hoffte er immer noch.

„Zwei Herzen, die ein Mal eins geworden sind, können nicht getrennt werden," sagte er bei sich selbst an diesem Abend, während er zu der Ueberzeugung kam, es sei seine Pflicht, ihr zu schreiben und ihr ihr Wort ohne alle Bedingung zurückzugeben.

„Aber, Herbert, in welch' einem Zustande bist Du!" rief Lady Fitzgerald, als die aufflackernde Flamme des Kohlenfeuers einen schwachen Schein auf seine Kleider warf.

„Ja, Mutter, ich habe einen weiten Marsch gemacht."

„Und Du bist naß!"

„Jetzt bin ich so ziemlich wieder trocken. Ich war naß. Aber, Mutter, ich bin müde und erschöpft.

Es würde mir wohlthätig sein, wenn ich ein Glas Wein bekommen könnte."

Sie zog die Klingel und ertheilte ihre Befehle ruhig, obschon jeder Diener im Hause jetzt die ganze Wahrheit wußte — und dann zündete sie selbst ein Licht an und sah ihn an.

„Mein Kind, was hast Du gethan? O, Herbert, Du wirst krank werden!"

Und dann, während er sie mit seinem Arme umschlungen hielt, führte sie ihn hinauf in ihr eigenes Zimmer und saß bei ihm, während er seine schmutzbedeckten Stiefel und nassen Strümpfe auszog, und bereitete ihm einen heißen Trank und pflegte ihn, wie sie gethan, als er noch Kind war.

Und dennoch hatte sie erst diesen Tag von ihrem großen Ruin gehört. Mr. Prendergast hatte sehr richtig gesagt, daß sie aus dauerhafterem Stoffe geschaffen sei, als Sir Thomas.

Und sie bemühte sich, ihn zu überreden, zu Bett zu gehen, aber hierin wollte er ihr nicht gehorchen. Er müßte, sagte er, diesen Abend noch seinen Vater sprechen.

„Du warst wohl bei ihm, Mutter, seitdem — seitdem" —

„Ja wohl, gleich nachdem Mr. Prendergast mich verlassen hatte."

„Nun, und?"

„Er weinte wie ein Kind, Herbert. Wir schluchzten Beide wie die Kinder. Es war sehr kläglich; ich glaube aber, ich verließ ihn besser, als er vorher gewesen. Er weiß nun, daß diese Männer nicht wieder kommen können, um ihn zu peinigen."

Herbert knirschte mit den Zähnen und ballte die Faust, während er an die Beiden dachte, aber er konnte vor seiner Mutter nicht von ihnen sprechen oder ihren Namen nennen. Was mußte sie denken, wenn sie sich jenes älteren Mannes erinnerte und auf ihre erste Jugend zurückblickte!

„Er ist sehr schwach," fuhr sie fort, „fast hülflos schwach, und scheint nicht daran zu denken, sein Bett zu verlassen. Ich habe ihn gebeten, mir zu erlauben, daß ich Sir Henry von Dublin holen lasse, aber er sagt, es fehle ihm Nichts."

„Und wer ist jetzt bei ihm, Mutter?"

„Deine Schwestern sind bei ihm."

„Und Mr. Prendergast?"

Lady Fitzgerald erzählte ihm nun, daß Mr. Prendergast diesen Nachmittag nach Dublin zurückgekehrt und folglich vierundzwanzig Stunden eher aufgebrochen sei, als er beabsichtigt — oder jedenfalls als er beabsichtigt zu haben erklärte.

Nachdem er hier sein Werk verrichtet, hatte er

gefühlt, daß er nur im Wege sein würde. Ueberdies gab es, obschon sein Werk auf Schloß Richmond verrichtet war, doch noch eine weitere Aufgabe von derselben Art in England zu lösen. Mr. Prendergast zweifelte kaum an der Wahrheit von Mollett's Geschichte — ja, wir können sagen, daß er gar nicht daran zweifelte, denn außerdem würde er sie kaum aller Welt in der Umgebung von Schloß Richmond verkündet haben. Nichtsdestoweniger war es seine Pflicht, die Sache gründlich zu erörtern. Er war so ziemlich überzeugt, daß er Mollett in London finden würde, und mochte er ihn dort treffen oder nicht, so war er jedenfalls im Stande, diesen Schurken mit dem Mr. Talbot, welcher jenes Haus in Dorsetshire gemiethet und sich unzweifelhaft mit der armen Mary Wainwright vermählt, zu identificiren oder nicht zu identificiren.

„Er ließ einen freundlichen Gruß an Dich zurück," sagte Lady Fitzgerald. — Meine Leser müssen mich entschuldigen, wenn ich sie immer noch Lady Fitzgerald nenne, denn ich kann meine Feder nicht an den Gebrauch eines ändern Namens gewöhnen. Dasselbe war der Fall mit den Untergebenen und Nachbarn von Schloß Richmond, als die Zeit kam, wo die arme Lady fühlte, daß sie verpflichtet sei, von ihrem Titel keinen öffentlichen Gebrauch mehr zu machen. Es stand nicht in ihrer Macht, ihm zu entsagen, und Nichts, was sie that, war im Stande, ihre Umgebung zu bewegen, sie bei einem andern Namen zu nennen.

„Er trug mir auf, Dir zu sagen," fuhr sie fort, „daß, wenn Dein künftiger Lebensweg Dich nach London führte, Du ihn besuchen und ihn als seinen zweiten Vater betrachten solltest. Er selbst hätte keine Kinder, sagte er, und Du solltest ihm sein wie ein Sohn."

„Ich will Niemandes Sohn sein, als der Deinige — der Deinige und der meines Vaters," sagte Herbert, indem er seine Mutter wieder umarmte. Und dann, nachdem er unter ihren Augen gegessen und getrunken und sich gewärmt, ging er zu seinem Vater und traf hier bei diesem seine beiden Schwestern. Sie kamen ihm sofort entgegen, ergriffen ihn bei den Händen, blickten ihm in's Gesicht empor und liebten, bemitleideten und liebkos'ten ihn mit ihren Augen; da sie aber hier an ihres Vaters Bett standen, so sprachen sie Wenig oder Nichts. Auch Sir Thomas sagte nicht Viel, ausgenommen, daß er gerade, als Herbert ihn verließ, mit schwacher Stimme erklärte, daß hinfort sein Sohn Herr dieses Hauses und Verwalter seines Besitzthums sein solle.

„So lange ich lebe!" rief er mit seiner matten Stimme, „so lange ich lebe!"

„Nein, Vater, nicht so!"

„Ja, ja, so lange ich lebe. Es wird sehr Wenig sein, was Du auf diese Weise bekommst. Aber so soll es sein — so lange ich lebe."

Ja, es war in der That sehr Wenig, denn die Tage des armen Mannes waren gezählt. Und dann, als Herbert das Zimmer verließ, folgte ihm Emmeline. Sie war von jeher seine Lieblingsschwester gewesen, und nun sehnte sie sich, bei ihm zu sein, um ihm sagen zu können, wie sie ihn liebte, und um ihn durch ihre Thränen zu trösten.

Und auch Clara — Clara, welche sie als Schwester willkommen geheißen! — sie mußte erfahren, wie nun Clara handeln würde, denn sie hatte schon gehört, daß ihr Bruder als Herold seines eigenen Unglücks in Desmond Court gewesen war.

„Kann ich mit Dir gehen, Herbert?" fragte sie, indem sie ihn beim Arme faßte. Wie konnte er sie zurückweisen? Somit gingen sie mit einander und setzten sich an das Feuer in einem kleinen Zimmer, welches ihr und ihrer Schwester geheiligt war, und hier unter vielem Schluchzen von ihrer Seite und erheuchelter Verachtung der Armuth von der seinigen sprachen sie über die veränderte Welt, wie sich dieselbe ihnen jetzt darstelle.

„Und Du sprachst nicht mit ihr?" fragte Emmeline, als sie nach vielen Anstrengungen das Gespräch auf Clara Desmond und ihres Bruders Gang nach Desmond Court gebracht hatte.

„Nein, sie verließ auf meinen eigenen Wunsch das Zimmer. Ich hätte es ihr nicht selbst sagen können."

„Und Du weißt also nicht, was sie dazu meint?"

„Nein, Das kann ich nicht wissen, wohl aber weiß ich, was ich selbst dazu meinen muß. Alles Dies ist vorüber, Emmeline. Ich kann nicht von ihr verlangen, daß sie einen Bettler heirathe."

„Verlangen? Nein, zu verlangen brauchst Du es nicht von ihr. Sie hat Dir ja schon ihr Wort gegeben. Du glaubst doch nicht etwa, daß sie Dir untreu werde? Du wünschest es doch nicht?"

In diesen Worten lagen zwei verschiedene Fragen, deren letztere Herbert keine Lust verspürte, zu beantworten.

„Untreue möchte ich es nicht nennen," sagte er, „denn der Vorschlag wird von mir selbst ausgehen. Ich werde an sie schreiben und ihr sagen, daß sie nicht weiter an mich zu denken braucht. Wenn ich nicht so müde wäre, so thäte ich es gleich jetzt."

"Und wie wird sie Dir antworten? Wenn sie die Clara ist, für welche ich sie halte, so wird sie Deinen Vorschlag mit Verachtung zurückweisen. Sie wird Dir sagen, daß es nicht in Deiner Macht steht, ihr zu entsagen. Sie wird Dir schwören, daß, mögest Du sagen, was Du willst, sie an Dich denken wird — jetzt mehr, als sie jemals in bessern Tagen an Dich gedacht hat. Sie wird Dir ihre Liebe in Worten schildern, deren sie sich früher nicht bedienen konnte. Ich weiß, daß sie Dies thun wird. Ich weiß, daß sie gut, wahr, ehrlich und edelmüthig ist. O, ich würde sterben, wenn ich glauben müßte, sie sei falsch! Aber, Herbert, ich bin überzeugt, daß sie wahr und treu ist. Du kannst Deinen Brief schreiben, und wir werden sehen."

Herbert erklärte, indem er sich auf die von seiner Mutter gelernten weisen Argumente stützte, seiner Schwester, daß Clara jetzt keineswegs noch verbunden sei, an ihm festzuhalten; während er aber dies sagte, schloß sein Arm sich fester um den schlanken Leib der Schwester, denn die Worte, welche sie mit so vieler Energie sprach, waren ihm trostreich.

Und dann, während er noch dasaß und ehe er das Zimmer verließ, mußte seine Schwester ihm

Feder, Tinte und Papier bringen und er schrieb seinen Brief an Clara Desmond. Gern wäre Emmeline bei ihm geblieben, während er dies that. Gern hätte sie zu seinen Füßen gesessen, in sein Gesicht emporgeblickt und versucht, seine Hoffnung in Bezug auf die von Clara zu erwartende Antwort zu ermuthigen, aber dies wollte er nicht gestatten. Deßhalb kehrte sie wieder in ihres Vaters Zimmer zurück, nachdem ihr Bruder ihr versprochen, ihr Clara's Antwort zu zeigen. Und sein Brief, als derselbe entworfen und zwei Mal auf's Reine geschrieben war, lautete wie folgt:

"Schloß Richmond — Abends.

"Meine theuerste Clara!

"Ehe Du diesen Brief bekommst, wird Deine Mutter Dir Alles erzählt haben, was ich mich nicht selbst überwinden konnte, gestern auszusprechen, so lange Du im Zimmer warst. Ich bin überzeugt, Du wirst nun verstehen, warum ich Dich bat, fortzugehen, und Du wirst es mir nicht verübeln. Du kennst nun die ganze Wahrheit, und ich bin überzeugt, daß Du Mitleid mit uns Allen hier haben wirst.

"Nachdem ich mir hauptsächlich auf meinem Heimwege von Desmond Court und seitdem ich wieder zu Hause bin, die Sache reiflich überlegt, bin ich zu dem Schlusse gekommen, daß Alles zwischen uns aus sein muß. Es wäre unmännlich von mir, wenn ich wünschen wollte, Dich unglücklich zu machen, weil ich selbst unglücklich geworden bin. Unser Verhältniß ward natürlich in der Voraussetzung geschlossen, daß ich das Besitzthum meines Vaters erben würde. Dies wird aber nicht der Fall sein, und deßhalb bitte ich Dich, dieses Verhältniß als gelös't zu betrachten. Von meiner Liebe zu Dir sage ich Nichts. Ich weiß aber, daß auch Du mich wahrhaft geliebt hast und daß alles Dies Dir daher schweren Kummer verursachen wird. Es ist jedoch besser, daß Dem so sei, als daß ich versuchen sollte, Dich an ein Versprechen gebunden zu halten, welches unter so ganz andern Umständen gegeben ward.

„Natürlich wirst Du diesen Brief Deiner Mutter zeigen. Sie wird jedenfalls gutheißen, was ich jetzt thue, und auch Du wirst damit einverstanden sein, wenn Du Dir es ruhig überlegst.

„Wir haben einander nicht so lange gekannt, daß wir einander viel zurückzugeben hätten. Wenn Du es mir erlaubst, so möchte ich jene Locke von Deinem Haar behalten, um ein Andenken an meine erste und, wie ich überzeugt bin, einzige Liebe zu besitzen. Und Du, hoffe ich, wirst Dich nicht scheuen, das einzige kleine Geschenk, welches ich Dir gemacht, in Deiner Nähe zu behalten.

„Und nun, theuerste Clara, leb' wohl. Laß uns immer an einander denken, wie an theure Freunde. Möge Gott Dich segnen und behüten und glücklich werden lassen!

„Mit aufrichtiger Zuneigung der Deinige

„Herbert Fitzgerald."

Als es ihm endlich gelungen war, dies niederzuschreiben, las er es immer und immer wieder durch. Jedes Mal aber sagte er zu sich selbst, es sei kalt und leidenschaftslos, steif und nichtssagend. Es gefiel ihm durchaus nicht und schien, als könne es nur eine Antwort zur Folge haben — kalte Zustimmung zu dem Vorschlage, den er in so kalter Weise machte.

Dennoch aber wußte er auch nicht, wie er die Sache besser machen sollte. Es war im Grunde genommen doch eine wahrheitgetreue Darlegung Dessen, was er sich vorgenommen, zu sagen. Alle Welt — ihre Welt und seine Welt — hielt es sicherlich für besser, wenn sie schieden, und mochte der Kampf ihm kosten, was er wollte, so wollte er sich wünschen lehren, daß es so sein möchte — wenn auch nicht um seinetwillen, doch um Clara's willen.

Somit schloß er den Brief und nahm ihn mit, in der Absicht, ihn sofort abzusenden, damit Clara ihn zeitig am nächstfolgenden Morgen erhielte.

Und dann, nachdem er noch ein Mal seinen Vater besucht und noch ein Mal seine Mutter geküßt, begab er sich zu Bett.

Es war für ihn einer jener Tage gewesen, welche ohne Bezug auf gewöhnliche Stunden und Perioden vorüberzugehen scheinen. Es war schon lange finster und er schien sich im Hause umhergetrieben zu haben, ohne Etwas zu thun oder Jemanden zu helfen, bis er seiner selbst überdrüssig war.

Und dann ging er zu Bett, und während er bedachte, was ihm während der letzten beiden Tage begegnet war, wunderte er sich fast, daß er im Stande war, die Bürde seines Lebens so leicht zu tragen, wie er sie trug. Er legte sich zu Bett, mit dem Briefe dicht zur Hand, um ihn gleich nach seinem Erwachen absenden zu können. So schlief er ein. Jener Marsch, so furchtbar derselbe auch gewesen, war am Ende doch wohlthätig für ihn.

Er schlief ohne aufzuwachen, bis das Licht des Februarmorgens in sein Zimmer hineinzudämmern begann, und dann ward er durch einen Diener geweckt, der an die Thür pochte. Es war schmerzlich genug, dieses Erwachen zu seinem Kummer, nach den angenehmen Träumen der Nacht.

"Hier ist ein Brief von Desmond Court, Mr. Herbert," sagte Richard. "Der Knabe, welcher ihn brachte, sagte" —

"Ein Brief von Desmond Court?" rief Herbert, indem er begierig die Hand ausstreckte.

"Ja, Mr. Herbert. Ein Knabe hat ihn vor schon länger als vor einer halben Stunde gebracht. Ich war selbst noch nicht auf, sonst wäre Ihnen der Brief keine halbe Minute vorenthalten worden."

"Und wo ist der Knabe? Ich habe auch einen Brief nach Desmond Court zu senden. Doch gleichviel. Vielleicht" —

"Der Knabe ist wieder fort," bemerkte Richard, zog die Gardine auf, stellte einen kleinen Tisch an das Bett und entfernte sich dann wieder, um seinen jungen Herrn die Depesche von Desmond Court lesen zu lassen.

Herbert fürchtete, bis er die Handschrift sah, daß der Brief von der Gräfin sei; er war aber von Clara. Auch sie hatte es für räthlich gehalten,

zu schreiben, ehe sie sich zu Bett legte, und war
überdies bedacht gewesen, ihren Boten eher abzu-
fertigen.

Ihr Brief lautete:

„Theurer Herbert, mein Herbert!

„Ich habe Alles gehört. Bedenke aber Dies:
Nichts, Nichts, Nichts, Nichts kann irgend eine
Veränderung zwischen Dir und mir zur Folge
haben. Ich will von keinen Beweisgründen hören,
welche den Zweck haben, uns zu trennen. Ich
weiß im Voraus, was Du sagen wirst, aber ich
achte nicht darauf — nicht im Mindesten. Ich
liebe Dich um all' Deines Unglücks willen nur
zehn Mal mehr, und eben so, wie ich Dein Glück
getheilt haben würde, so beanspruche ich auch
mein Recht, Dein Mißgeschick zu theilen. Ich
bitte Dich, glaube mir, daß mich Nichts davon
abwendig machen wird, denn ich will nicht,
daß Du auf mich verzichtest.

„Grüße von mir Deine theure, theure,
theuerste Mutter — meine Mutter, wie sie ist
und sein muß, und meine guten, lieben Schwestern. Ich wünsche so innig, bei ihnen und bei
Dir, mein Herbert, zu sein. Ich kann nicht
umhin, ein wenig verworren zu schreiben, aber

wenn ich Dich sehe, werde ich Alles erklären. Ich bin so unglücklich gewesen.

„Deine treue Clara."

Nachdem Herbert Fitzgerald dies gelesen, fühlte er sich trotz seines schweren Kummers getröstet.

Sechstes Kapitel.

„Trotzdem und trotzdem."

Als Herbert mit diesem Brief in der Hand aus dem Bett sprang, fühlte er, daß er noch Allem, was die Welt ihm zufügen würde, die Spitze bieten könnte. Wie konnte er wirklich unglücklich sein, so lange er eine solche Versicherung von Liebe besaß, wie diese, und so lange seine Mutter ihm ein so herzliches Beispiel der Ausdauer gab?

Er war nicht wirklich unglücklich. Die Niedergeschlagenheit und der Jammer des vorigen Tages schienen von ihm gewichen zu sein, während er sich eiligst in die Kleider warf und nach dem Zimmer seiner Schwestern ging, um Emmelinen, dem ihr gegebenen Versprechen gemäß, seinen Brief zu zeigen.

„Kann ich hineinkommen?" sagte er, indem er an die Thür pochte. „Ich muß hineinkommen, denn ich habe Euch Etwas zu zeigen."

Die beiden Mädchen waren aber eben beim Ankleiden, und er konnte nicht vorgelassen werden. Emmeline versprach jedoch, zu ihm zu kommen, und nach ungefähr drei Minuten stand sie in dem kalten kleinen Wohnzimmer, welches an ihr Schlafgemach stieß — in Pantoffeln und in einen Hausrock gehüllt — eine Erscheinung, die sich keinem andern männlichen Auge als dem eines Bruders präsentiren konnte.

„Emmeline," sagte er, „ich habe heute Morgen einen Brief erhalten."

„Doch nicht von Clara?"

„Allerdings von Clara. Hier ist er. Du kannst ihn lesen."

Und er überreichte ihr die kostbare Epistel.

„Aber sie hat doch Deinen Brief noch nicht haben können?" fragte Emmeline, ehe sie den ansah, welchen sie in der Hand hielt.

„Allerdings nicht, denn ich habe ihn noch hier. Ich muß nun einen andern schreiben, weiß aber, offen gestanden, nicht, was ich sagen soll. Ich kann eben so großmüthig sein, als sie."

Und nun las seine Schwester den Brief.

„Meine herrliche Clara!" rief sie, nachdem sie den Inhalt schnell überflogen. „Sagte ich es Dir nicht, Herbert? Ich wußte wohl, was sie thun und sagen würde. Sie sagt, sie liebe Dich nun zehn Mal mehr — und dies ist gewiß auch wahr. Welches rechtschaffene Mädchen würde dies nicht? Meine herrliche, schöne Clara, ich wußte, daß ich auf sie bauen könnte. Ich zweifelte keinen Augenblick an ihr."

In dieser Beziehung muß jedoch bemerkt werden, daß Miß Emmeline Fitzgerald sich nicht innerhalb der Grenzen der strengsten Wahrheit hielt, denn sie hatte von Zweifeln gefoltert die halbe Nacht durchwacht. „Wie wenn Clara ihm doch untreu würde!" Dies war der Refrain ihrer zweifelnden Mitternachtsgedanken gewesen.

„Ich will nicht, daß Du auf mich verzichtest," fuhr sie den Brief citirend fort. „Nein, gewiß nicht. Und ich will Dir Etwas sagen, Herbert. Du darfst nicht wagen, davon zu sprechen, auf sie verzichten zu wollen. Geld und Titel können hin- und hergeworfen werden, aber nicht Herzen. Wie schön spricht sie von unserer theuren Mama!" Und nun begannen die Thränen die Wange der jungen Dame herabzurinnen.

„Ach, wie wünsche ich, daß sie bei uns sein

könnte! Meine theure, gute, liebe Clara! Sie ist unglücklich! Ja, denn ich bin überzeugt, ihre Mutter wird ihr keine Ruhe lassen. Doch Das macht Nichts aus. Sie wird treu und standhaft bleiben, und ich sagte Dies gleich von Anfang an."

Und nun fing sie an zu weinen und umarmte ihren Bruder und erklärte, daß nun Nichts im Stande sei, sie gänzlich unglücklich zu machen.

"Aber, Emmeline, Du darfst nicht denken, daß ich sie beim Wort halten werde. Es ist sehr edelmüthig von ihr, aber —"

"Unsinn, Herbert!" rief Emmeline, und nun folgte ein abermaliger Strom von Beredsamkeit, dem Herbert nur wenig wirksame Argumente entgegenzustellen vermochte.

Und nun müssen wir nach Desmond Court zurückkehren und sehen, unter welchen sie fast zu Boden drückenden Schwierigkeiten die arme Clara ihren liebreichen Brief schrieb.

Erstens muß hervorgehoben werden, wie unrecht Herbert daran gethan hatte, durch Schmutz und Regen zu Fuße nach Desmond Court zu gehen. Ein Mann kann sich schwerlich edel benehmen, wenn nicht auch seine äußere Erscheinung in gewissem Grad eine edle ist.

Es ist vielleicht sehr schlimm, auf diese Weise

zugestehen zu müssen, daß der Schneider den Mann machen hilft, aber ich fürchte, daß dies ganz unzweifelhaft Thatsache ist. Könnte wohl der Lordkanzler würdevoll auf seinem Wollsack sitzen, wenn mit seiner Perrücke Etwas vorgegangen, oder wenn seine Kleider zerrissen und beschmutzt wären? Sitzt nicht die halbe Frömmigkeit eines Bischofs in seinen Battistärmeln, und seine ganze Schüchternheit und Bescheidenheit in seiner unmännlichen Schürze? Hätte Herbert die Welt gekannt, so hätte er, als er mit dieser Botschaft nach Desmond Court ging, das beste Paar Pferde, welches die Ställe von Schloß Richmond aufzuweisen hatten, an den schönsten Wagen spannen lassen. Er hätte sich das Haar gebürstet und sich gesalbt, er hätte seinen kostbaren spanischen Mantel umgeworfen; er hätte einen feinen Hut aufgesetzt und makellose Stiefeln angezogen, und dann hätte er mit angemessenem Ernst, aber mit aufrechtem Haupt kühn seine Geschichte erzählt. Die Gräfin würde auch dann noch, sobald sie gehört, daß er nun ein Proletarier sei, sich seiner zu entledigen gewünscht haben, aber sie hätte sicherlich nicht den Muth gehabt, ihn so aus dem Hause zu weisen, wie sie gethan.

Da sie aber sah, wie jämmerlich er sich in seiner ganzen äußern Erscheinung ausnahm, so war sie im Stande gewesen, die Oberhand zu gewinnen, und hatte dieselbe auch während der ganzen Unterredung behauptet. Nachdem sie dies gethan, ward ihre Meinung von seiner Engerie nothwendig eine sehr geringe, und sie fühlte, daß er nicht im Stande gewesen sein würde, seine Sache gegen sie zu vertheidigen.

Einige Zeit lang, nachdem er fort war, saß sie allein in dem Zimmer, in welchem sie ihn empfangen. Sie erwartete jede Minute, daß Clara zu ihr herunterkommen würde, obgleich sie wünschte, noch eine Weile allein bleiben zu können. Clara kam aber nicht, und Lady Desmond konnte daher ihre Gedanken weiter verfolgen.

Wie furchtbar war dieses Trauerspiel, welches in ihrer nächsten Nähe begonnen hatte! Dies war der erste Gedanke, der in ihr erwachte, nachdem Herbert sie verlassen. Wie furchtbar, niederschmetternd und verhängnißvoll! Welches größere Unheil konnte ein Weib treffen, als das, welches jetzt die arme Lady von Schloß Richmond ereilt hatte? Konnte sie wohl leben und eine solche Bürde tragen? Konnte sie die Augen der Leute auf sich gerichtet sehen, während sie wußte, in welchem Lichte man sie nun betrachtete? War es möglich, daß sie weiter lebte?

So dachte Lady Desmond, und hätte ihr Jemand gesagt, daß diese herabgewürdigte Mutter noch denselben Tag aus ihrem Zimmer herabkommen und wachend bei ihrem schlafenden Sohn sitzen würde, um ihn, wenn er erwachte, zu trösten und zu ermuthigen, so würde sie es unmöglich gefunden haben, an ein solches Wunder zu glauben.

Lady Desmond kannte aber in ihren Kümmernissen nur einen Trost — bei ihren traurigen Betrachtungen zeigte sich ihr nur ein Lichtpunkt. Sie war Gräfin von Desmond, und dies war Alles. Der Lady Fitzgerald aber waren andere Tröstungen vergönnt.

In einem Punkte war Lady Desmond starr und unbeugsam, wie das Fatum, und nachdem sie sich alles hin und her überlegt, blieb in ihrem Gemüth kein Zweifel. Die projectirte Heirath zwischen Clara und Herbert mußte, mochte es kosten was es wollte, abgebrochen und — dies war ein Punkt, der mehr Raum für Zweifel gestattete, und hinsichtlich dessen es für sie peinlicher war, zu einem Entschlusse zu kommen — jenes andere Heirathsproject mit dem glücklicheren Cousin mußte wieder aufgenommen, ermuthigt und durchgesetzt werden.

Wenn, was ihre eigene Person betraf, ihre Hoffnung schon gering gewesen, so lange Owen arm und unbedeutend war, welche Hoffnung blieb ihr nun übrig, wo er reich und vornehm zu werden erwartete? Uebrigens liebte Owen die Tochter, und nicht die Mutter, und Clara's Hand ward nun abermals frei und ein Gegenstand siegreicher Bewerbung. Was Lady Desmond selbst betraf, so hatte ihre einzige Aussicht in Clara's Vermählung mit Herbert beruht.

Sie wußte recht wohl, daß sie in dieser ganzen Angelegenheit auf vielfache Schwierigkeiten stoßen würde. Sie war überzeugt, daß Clara anfangs der unklugen Großmuth der Jugend huldigen und sich erbieten würde, ihre Armuth mit Herbert's Armuth zu vermählen. Das verstand sich von selbst. Sie, Lady Desmond selbst, würde es in Clara's Alter eben so gemacht haben — wenigstens sagte sie dies zu sich selbst und auch zu ihrer Tochter.

Ein wenig Zeit aber, ein wenig Geduld und ein wenig Mühe mußte dies Alles in's geeignete Licht setzen. Herbert ging jedenfalls fort und ward allmählich vergessen. Owen trat dann mit neuem Glanze aus den Wolken hervor, und war es dann nicht wahrscheinlich, daß Owen der Mann war, den Clara in ihrem innersten Herzen von jeher geliebt hatte?

Und nachdem sie sich auf diese Weise selbst in die Thatsachen hineingedacht, welche Herbert ihr mitgetheilt, schickte sie sich an, ihre Tochter davon in

Kenntniß zu setzen. Sie erhob sich von ihrem Stuhle und wollte erst zu ihr gehen, besann sich aber anders, zog die Klingel und ließ Clara rufen. Sie war erstaunt, zu finden, wie heftig sie selbst ergriffen war, nicht sowohl durch die Umstände, als vielmehr durch die ihr zugefallene Aufgabe, ihr Kind davon zu unterrichten. Sie legte eine Hand auf die andere und fühlte, daß sie zitterte, und daß das Blut ihr immer schneller durch die Adern kreis'te.

Clara trat ein, nahm auf ihrem gewöhnlichen Stuhle Platz und wartete, bis ihre Mutter sprechen würde.

„Mr. Fitzgerald hat sehr schlimme Nachrichten gebracht," sagte Lady Desmond nach einer Pause.

„O Mama!" rief Clara. Sie hatte allerdings schlimme Nachrichten erwartet und an alle möglichen Unglücksfälle gedacht, während sie oben in ihrem Zimmer allein war; aber dennoch lag in dem Tone und Ausdruck ihrer Mutter Etwas, was etwas Unheilvolleres zu verkünden schien, als Alles, was sie gedacht.

„Ja, furchtbar ist es, mein Kind. Meine Pflicht verlangt, Dir es mitzutheilen, aber ehe ich es thue, muß ich Dich ermahnen, Deine Gefühle zu bemeistern. Was ich Dir zu sagen habe, ändert nothwendig alle die Aussichten für die Zukunft und macht unglücklicherweise Deine Vermählung mit Herbert Fitzgerald geradezu unmöglich."

„Mama!" rief Clara von ihrem Stuhle aufspringend, „was sagst Du? Was kann Herbert gethan haben? Ist es sein Wunsch, sein Wort zurückzunehmen?"

Lady Desmond hatte berechnet, daß sie ihren Zweck am Besten erreichen würde, wenn sie ihre Tochter überzeugte, daß unter den obwaltenden Umständen ihre Vermählung mit Herbert nicht blos unklug, sondern auch unthunlich und außer aller Frage sein würde. Clara mußte sofort einsehen lernen, daß die Umstände ihr keine Wahl ließen — daß die ganze Sache von der Art war, es Jedermann einleuchtend zu machen, daß Clara sich nun nimmermehr mit Herbert Fitzgerald vermählen könne. Es durfte ihr nicht anheimgestellt werden, zu überlegen, ob sie ihre eigene Großmuth üben könne, oder nicht. Deßhalb verkündete ihre Mutter sofort den Entschluß, zu welchem sie nothwendig gelangen müßte.

Clara aber war nicht das Mädchen, welches bei einem solchen Entschluß einem andern Urtheil folgte, als ihrem eigenen, oder sich von den Gefühlen irgend einer andern Person leiten ließ.

„Setze Dich, liebes Kind, und ich will Dir alles erklären. So tief es mich aber auch schmerzt, theu-

erste Clara, Dir Schmerz bereiten zu müssen, so ist
es doch meine Pflicht, Dir nochmals zu sagen, daß
es so werden muß, wie ich sage. Um Eurer Beider
willen muß es so sein, ganz besonders aber vielleicht
um seinetwillen. Wenn ich Dir meine Geschichte
erzählt habe, wirst Du dies jedenfalls von selbst
einsehen."

„Nun so sprich, Mutter," sagte Clara, denn
ihre Mutter machte wieder eine Pause.

„Willst Du Dich nicht setzen, liebes Kind?"

„Nun ja, es kommt Nichts darauf an," entgegnete Clara und nahm auf den Wunsch ihrer Mutter
Platz, und dann ward ihr die Geschichte erzählt.

Es war eine schwierige Aufgabe für eine Mutter, eine solche Geschichte einem so jungen Kinde zu
erzählen — einem Kinde, welches sie als noch sehr
jung betrachtete. Es gab dabei verschiedene kleine
Rechtspunkte, welche sie auseinandersetzen zu müssen
glaubte — wie es nothwendig sei, daß das Besitzthum von Schloß Richmond auf den rechtmäßigen
Erben übergehe, und wie es unmöglich sei, daß Herbert als dieser rechtmäßige Erbe betrachtet werde,
da er ja nicht in gesetzlicher Ehe geboren worden.

Alle diese Dinge versuchte Lady Desmond zu
erklären oder stand im Begriff, eine solche Erklärung
zu versuchen, stand aber wieder davon ab, als sie

fand, daß ihre Tochter sie eben so gut verstand, als sie selbst. Und dann mußte sie Clara ferner unterrichten, daß Owen, wenn Sir Thomas stürbe, aufgefordert werden würde, seinen Platz einzunehmen und den Reichthum zu genießen, welcher dem Erben von Schloß Richmond zufiel.

Als Owen Fitzgerald's Name genannt ward, erröthete Clara fast unbemerkbar, nichtsdestoweniger aber sah es ihre Mutter und benützte diesen Umstand, um ein Wort zu Owen's Gunsten zu sagen.

„Der arme Owen!" sagte sie. „Er wird nicht der Erste sein, der über diesen Glückswechsel triumphirt."

„Davon bin ich auch überzeugt," sagte Clara. „Er ist viel zu edeldenkend, um dies zu thun."

Und nun begann die Gräfin zu hoffen, daß ihre Aufgabe nicht so gar schwierig sein würde. Die Unwissende! Hätte sie auch nur ein einziges Blatt in dem Herzen ihrer Tochter zu lesen vermocht, so würde sie gewußt haben, daß die Aufgabe unmöglich war.

Die Geschichte ward nun ohne weitere Unterbrechung zu Ende erzählt, und Clara bedeckte das Gesicht mit den Händen und ließ ein einziges langes, klägliches Stöhnen hören.

„Ja, es ist sehr schrecklich," sagte Lady Desmond.

„O, Lady Fitzgerald, die gute Lady Fitzgerald!" schluchzte Clara.

„Ja, in der That, die arme Lady Fitzgerald! Ihr Schicksal ist so entsetzlich, daß ich es mir gar nicht ordentlich vergegenwärtigen kann."

„Aber, Mama," hob Clara wieder an, indem sie sich das Haar mit beiden Händen von der Stirn zurückstrich, so daß die Form dieser Stirn sichtbar ward, auf welcher Festigkeit des Vorsatzes leserlich für jedes Auge, welches lesen konnte, geschrieben stand. „Aber, Mama," hob sie an, „wenn Du sagst, ich dürfe Herbert Fitzgerald nun nicht heirathen, so hast Du Unrecht. Warum sollte ich ihn nicht heirathen? Allerdings könnte es nicht jetzt geschehen, wie ohne dieses Ereigniß der Fall gewesen sein würde, wohl aber künftig, wenn er im Stande zu sein glaubt, eine Frau zu ernähren. Ich breche mein Wort nicht, Mama, ich breche es ganz gewiß nicht."

Dies ward in so entschiedenem Tone gesagt, daß Lady Desmond sich selbst gestehen mußte, ihre Aufgabe werde doch wohl eine schwierige sein. Dennoch aber zweifelte sie nicht, daß sie ihren Willen durchsetzen würde, wenn auch nicht durch Zugeständniß von Seiten ihrer Tochter, dann doch durch Zugeständniß von Seiten Herbert's.

„Ich verstehe und würdige Deine edle Denkungsweise, mein Kind," sagte sie "und in Deinem Alter wäre ich jedenfalls derselben Ansicht gewesen. Ich fordre Dich daher auch nicht auf, selbst Schritte zur Lösung dieses Verhältnisses zu thun. Dieser Schritt muß von Mr. Fitzgerald ausgehen, und ich zweifle nicht, daß er ihn thun wird. Als Mann von Ehre wird er wissen, daß er Dich nun nicht heirathen kann, und als Mann von Einsicht und Verstand wird er wissen, daß es sein Untergang wäre, wenn er in seinen gegenwärtigen Verhältnissen an — an eine solche Heirath denken wollte."

"Aber warum, Mama — warum sollte es sein Untergang sein?"

"Warum, liebes Kind? Glaubst Du, daß eine Frau von hohem Range von Vortheil für einen jungen Mann sein kann, der nicht blos sein Brod verdienen, sondern sich auch sogar erst nach einem Wege umsehen muß, auf welchem er es verdienen kann?"

"Wenn ihm weiter Nichts zum Nachtheil gereicht, als der hochadelige Name, so wird diese Schwierigkeit sich leicht beseitigen lassen."

"Liebe Clara, Du weißt, was ich meine. Du wirst einsehen, daß ein Mädchen von Deinem Range und Deiner Erziehung kein passendes Weib für einen

Mann sein kann, der nun auf jedem Schritte mit der Welt zu kämpfen haben wird."

Clara erröthete tief, als ihr dies gesagt ward, und sie sich anschickte, zu antworten, denn sie fühlte sich verpflichtet, über eine Sache zu sprechen, welche zwischen ihr und ihrer Mutter bis jetzt noch nicht erörtert worden.

"Mama," sagte sie, "hierin kann ich nicht mit Dir übereinstimmen. Ich bin allerdings, wie die Welt es nennt, von vornehmer Geburt, nichtsdestoweniger aber sind wir stets arm gewesen, und ich bin nicht an kostspielige Bedürfnisse gewöhnt worden. Warum sollte ich mit meinem Gatten nicht eben so — eben so eingeschränkt leben können, wie ich mit meiner Mutter gelebt habe? Du bist nicht reich, liebe Mama, und warum sollte ich es sein?"

Lady Desmond antwortete ihrer Tochter nicht sofort, aber sie schwieg nicht, weil es ihr an einer Antwort gefehlt hätte. Ihre Antwort wäre sofort dagewesen, wenn sie gewagt hätte, dieselbe auszusprechen.

"Ja, es ist wahr; wir sind arm gewesen. Ich, Deine Mutter, brachte durch meine Unklugheit absolute, unerbittliche, grausame Armuth über Dich und mich. Und weil ich dies gethan, habe ich nie eine glückliche Stunde gekannt. Ich habe meine Tage in

bitterer Reue zugebracht — in schmerzlicher Sehn=
sucht nach den Dingen, die ich um so peinlicher ver=
mißte, als sie die gewohnten Attribute der Personen
meines Ranges sind. Ich bin zum Haß gegen
meine reicheren Nachbarn angestachelt worden, weil
ich arm gewesen bin. Ich habe keine Freunde gehabt,
weil ich arm gewesen bin. Ich bin nicht im Stande
gewesen, Das zu thun, wodurch andere Frauen das
Lächeln und den Beifall der Welt gewinnen, weil
ich arm gewesen bin. Armuth und hoher Rang
haben mich unglücklich macht und mir Beschäftigung,
Umgang und Liebe geraubt. Und nun willst Du
mir sagen, daß, weil ich arm gewesen bin, Du auch
arm sein müßtest?"

So würde Lady Desmond geantwortet haben,
wenn sie gewohnt gewesen wäre, ihre Gedanken
auszusprechen. Sie war aber vielmehr von jeher
gewohnt, dieselben zu verbergen.

„Ich denke eben so sehr an ihn, als an Dich,"
sagte sie endlich. „Ein solches Bündniß würde für
Dich von vielen Bedrängnissen begleitet sein, ihn
aber geradezu in's Verderben stürzen."

„Das glaube ich nicht, Mama."

„Es ist aber nicht nothwendig, Clara, daß
Du Etwas thust. Du wirst natürlich warten und
sehen, was Herbert selbst sagt."

„Herbert —"

„Warte einen Augenblick, liebes Kind — ich würde mich sehr wundern, wenn wir nicht finden, daß Mr. Fitzgerald selbst Dir sagt, dieses Heirathsproject müsse aufgehoben werden."

„Aber dies macht keinen Unterschied, Mama."

„Keinen Unterschied, liebes Kind? Du kannst ihn doch nicht gegen seinen Willen heirathen? Du willst doch nicht sagen, daß Du ihn bei seinem Worte zu halten gedenkst, wenn er selbst glaubt, es werde zu seinem Nachtheil sein."

„Ja, ich werde ihn dabei halten."

„Clara."

„Ich werde ihm zeigen, daß es nicht zu seinem Nachtheil ist. Ich werde ihm begreiflich machen, daß eine Freundin und Genossin, welche ihn liebt, wie ich ihn liebe — wie keine Andere ihn nun jemals lieben wird — denn ich liebe ihn, weil er so reich und glücklich war, als er zu mir kam, und weil er nun so arm und unglücklich ist — daß ein Weib, wie ich sein werde, niemals eine Bürde für ihn sein kann. Ich halte ihn fest, mag er mich verstoßen, oder nicht. Früher hätte ein Wort von ihm unser Verhältniß lösen können, jetzt aber können tausend Worte es nicht thun."

Lady Desmond sah ihre Tochter mit großen

Augen an, denn Clara schritt in ihrer Aufregung jetzt im Zimmer auf und ab. Dies hatte Lady Desmond durchaus nicht erwartet, und sie begann zu denken, daß es vielleicht am Gerathensten sein würde, diesen Gegenstand vor der Hand ruhen zu lassen. Clara aber war noch nicht fertig.

„Mama," sagte sie, „ich werde Nichts thun, ohne es Dir zu sagen, aber ich kann Herbert in seinem Jammer nicht denken lassen, daß ich kein Mitgefühl für ihn habe. Ich werde an ihn schreiben."

„Nicht eher, bis er Dir geschrieben hat, Clara. Du willst doch keine Indelicatesse begehen?"

„Ich verstehe nicht viel von Delicatesse — nämlich was man Delicatesse zu nennen pflegt, aber ich will nicht unedel oder unfreundlich sein. Mama, Du hast uns Beide zusammengeführt. War es nicht so? Thatest Du es nicht, weil Du fürchtetest, ich möchte — ich möchte mich noch für Herbert's Cousin interessiren? Du thatest es, und weil ich halb Dir zu gehorchen wünschte, halb durch seine Herzensgüte angezogen ward, lernte ich Herbert Fitzgerald lieben und seinen Cousin nicht vergessen, wohl aber aufzuhören, ihn zu lieben. Du thatest dies und freutest Dich darüber, und was Du gethan hast, muß nun auch so bleiben."

„Aber, liebe Clara, es wird nicht zu seinem Besten sein."

„O ja, es wird zu seinem Besten sein. Mama, für Alles, was die Welt mir geben könnte, würde ich ihn nun nicht verlassen. Weder um Mutter noch um Bruders willen könnte ich es thun. Ohne Deine Erlaubniß würde ich ihm nicht das Recht gegeben haben, mich als die Seine zu betrachten, jetzt aber kann ich selbst auf Deinen Wunsch dieses Recht ihm nicht wieder nehmen. Ich muß sofort an ihn schreiben, Mama, und ihm dies sagen."

„Nein, Clara, das darfst Du auf keinen Fall; dies wenigstens muß ich verbieten."

„Mutter, Du kannst es jetzt nicht verbieten," antwortete die Tochter, nachdem sie zwei Mal schweigend das Zimmer seiner ganzen Länge nach durchgemessen. „Wenn Du mir nicht erlaubst, ihm einen Brief zu übersenden, so verlasse ich das Haus und gehe zu ihm."

Dies war furchtbar. Lady Desmond war ganz entsetzt über die Art und Weise, auf welche ihre Tochter sich zeigte, und über den Ton, in welchem sie sprach. Die Form ihres Gesichts war eine andere, und sogar der Tritt, mit welchem sie einherschritt, hatte keine Aehnlichkeit mit ihrem gewöhnlichen Gange.

Was sollte Lady Desmond thun? Sie war nicht darauf vorbereitet, ihre Tochter als Gefangene einzusperren, und eben so wenig konnte sie ihren Leuten öffentlich verbieten, die Aufträge ihrer Tochter auszurichten.

„Ich hätte nicht erwartet, daß Du so ungehorsam sein würdest," sagte sie.

„Ich hoffe, ich bin nicht ungehorsam," antwortete Clara. „Meine erste Pflicht gilt jetzt ihm. Hast Du unsere Liebe nicht selbst gebilligt? Herzen und Worte lassen sich nicht zurücknehmen."

„Auf jeden Fall wirst Du warten bis morgen, Clara."

„Es ist jetzt finster," sagte Clara traurig, indem sie durch das Fenster in die sinkende Nacht hinausblickte. „Heute Abend kann ich ihm wohl keinen Brief schicken."

„Und Du wirst mir zeigen, was Du schreibst, liebes Kind, nicht wahr?"

„Nein, Mama. Wenn ich für Deine Augen schreibe, so könnte es nicht Dasselbe sein, als wenn ich blos für die seinen schreibe."

Sehr düster, niedergeschlagen und schweigsam war Lady Desmond diesen ganzen Abend. Es ward zwischen ihr und ihrer Tochter über die Fitzgeralds Nichts weiter gesprochen, als bis sie zu Bett gingen und dann sagte Lady Desmond einige wenige hingeworfene Worte.

„Clara," sagte sie, „Du wirst wohlthun, wenn Du Dir Das, was wir gesprochen haben, im Bett überlegst. Morgen früh wirst Du gesammelter sein."

„Natürlich werde ich daran denken," sagte Clara, „aber alles Nachdenken kann keinen Unterschied machen."

Und dann berührte sie die Stirn ihrer Mutter leicht mit den Lippen und ging langsam fort auf ihr Zimmer.

Was für einen Brief sie schrieb, als sie hier angelangt war, haben wir bereits gesehen, und wir wissen auch schon, daß sie geeignete Schritte that, um ihren Brief zu einer hinreichend frühen Stunde des Morgens nach Schloß Richmond zu befördern. Es stand nicht zu befürchten, daß Lady Desmond die Botschaft aufhalten würde, denn der Brief war von Emmeline und Mary schon zwanzig Mal gelesen und von Herbert in das Zimmer seiner Mutter getragen, ehe Lady Desmond ihr Bett verlassen hatte.

„Baue nicht allzugroße Hoffnungen darauf," sagte Herbert's Mutter.

„Aber hat sie nicht ein vortreffliches Herz?" fragte Herbert. „Eben weil sie von Dir auf diese Weise spricht —"

„Du wirst aber selbst nicht wünschen, sie wegen ihres vortrefflichen Herzens in Elend und Noth zu bringen," bemerkte Lady Fitzgerald.

„Aber, Mutter, ich bin doch immer Mann," sagte Herbert.

Dies war zu viel für die arme Leidende, deren einziger Fehltritt im Leben ihren Sohn in diese Lage versetzt hatte, und sie schlang ihren Arm um seinen Hals und weinte an seiner Schulter.

Es gingen und kamen an diesem Tage noch mehr Boten zwischen Desmond Court und Schloß Richmond. Clara und ihre Mutter sahen einander in den ersten Frühstunden nicht; sie frühstückten nicht mit einander, und es ward in Bezug auf die Fitzgeralds kein Wort zwischen ihnen gesprochen.

Lady Desmond schickte aber zeitig am Morgen — das heißt, was sie zeitig nannte — ebenfalls ihr Briefchen nach Schloß Richmond. Es war an Tante Letty, Miß Lätitia Fitzgerald, adressirt, und Lady Desmond meldete darin, daß ihr sehr viel daran läge, Miß Letty zu sprechen. Unter den gegenwärtigen Umständen der Familie, so wie dieselben ihr von Mr. Herbert Fitzgerald geschildert worden, fühlte sie, daß sie nicht verlangen könne, „seine Mutter" zu sprechen — auf diese Weise umging sie die Schwierigkeit, welche sich ihr in Bezug auf den geeigneten

Titel darbot, welcher Lady Fitzgerald von nun an zu kam — vielleicht aber werde Miß Letty die Güte haben, sie zu sprechen, wenn sie zu der und der Stunde sich einfände. Tante Letty sah sich dadurch in nicht geringe Verlegenheit versetzt, doch blieb ihr weiter Nichts übrig, als zu antworten, daß sie Lady Desmond sprechen würde. Dieselbe war jetzt als der Familie sehr nahe stehend zu betrachten — wenigstens so lange die beabsichtigte Heirath nicht rückgängig gemacht war, und es blieb daher Tante Letty keine andere Wahl übrig.

Demzufolge saßen genau zu der bestimmten Stunde Lady Desmond und Tante Letty mit einander in dem kleinen Frühstückzimmer, welches schon früher erwähnt worden.

Niemals hatten zwei Frauen beisammen gesessen, die einander unähnlicher gewesen wären, den Umstand ausgenommen, daß Beide von ungewöhnlichem Familienstolze beseelt waren.

Bei Tante Letty war diese Leidenschaft in ihrer Thätigkeitsäußerung jedoch nicht krankhaft oder böswillig. Sie war allerdings stolz darauf, eine Fitzgerald zu sein und zu wissen, daß ihre Linie der Fitzgeralds angesehene Leute gewesen waren, seitdem ihr normännischer Ahn mit Strongbow nach Irland gekommen. Dabei aber huldigte sie auch der sehr

richtigen Idee, daß angesehene Leute sich durch Gutes=
thun in diesem Ansehen befestigen müßten. Ihr
Familienstolz wirkte mehr nach Innen, als nach
Außen — nach Innen, was ihre eigene Familie, und
nicht nach Außen, was die Welt betraf.

Ihr Bruder, ihr Neffe, ihre Schwägerin und
ihre Nichten gehörten, wie sie glaubte, zu den vor=
nehmsten „Commoners" in Irland; sie waren Edel=
leute vom reinsten Wasser und wandelten demgemäß
offen vor der Welt einher, und bewiesen ihren An=
spruch auf edles Blut durch edle Thaten und redliche
Handlungsweise.

Vielleicht hatte sie von den Fitzgeralds von
Schloß Richmond eine zu hohe Meinung, aber dieser
Fehler konnte ihr ein Mal im Himmel unmöglich
hoch angerechnet werden. Daß sie, ein beschränktes
altes Weib, im höchsten Grade vorurtheilsvoll und
mit der Welt außerhalb ihres eigenen sehr engen
Kreises fürchterlich unbekannt war — selbst dies
konnte ihr, glaube ich, unter den obwaltenden Um=
ständen nicht sonderlich zur Sünde angerechnet werden.

Und wie ward nun ihr Familienstolz durch die
ihr mitgetheilte furchtbare Katastrophe berührt! Her=
bert, der Erbe, den sie als Neffen fast vergöttert, war
ein Nichts. Ihre Schwägerin, welche sie mit ihrem
ganzen großen Herzen lieben gelernt, war keine

Schwägerin. Ihr Bruder war ein Mann, der, anstatt den Glanz der Familie zu erhöhen, stets als der unglücklichste der Baronets Fitzgerald betrachtet werden mußte. Die menschliche Natur aber war in ihr stärker, als der Familienstolz, und sie liebte sie Alle nicht mehr, aber zärtlicher, als je.

Die beiden Damen saßen beinahe zwei Stunden lang hinter verschlossenen Thüren beisammen, und als dann die Thür geöffnet ward, hätte man Tante Letty mit bedeutend verschobenem Hute und mit rothgeweinten Augen und Wangen sehen können.

Auch Lady Desmond hielt ihr Tuch an die Augen, als sie wieder in ihre Ponychaise stieg. Sie sprach weiter Niemanden, als Tante Letty, und aus ihrer Gemüthsstimmung, als sie nach Desmond Court zurück kam, ließ sich schließen, daß sie von Tante Letty wenig erfahren, was ihr zum Trost gereichen konnte.

„Die Leute kommen an den Bettelstab," sagte sie bei sich selbst, als die Thür ihres Zimmers sich hinter ihr geschlossen hatte.

Es giebt wenig Menschen auf der Welt, bei welchen der Bettelstab in geringerer Achtung stand, als bei Lady Desmond. Man konnte fast sagen, daß sie sich wegen ihrer Armuth selbst haßte.

Siebentes Kapitel.

Schlimme Kunde fliegt schnell.

Eine langweilige, kalte, schauerliche Woche ging über den Häuptern der Familie von Schloß Richmond dahin, während sie Nichts thaten, als daß sie sich die Wahrheit ihrer Stellung vergegenwärtigten, und dann kam ein Brief von Mr. Prendergast an Herbert adressirt, worin der Anwalt meldete, daß die bis jetzt von ihm angestellten Nachforschungen ihm keinen Zweifel übrig ließen, daß der Mann Namens Mollett, welcher in der letzten Zeit wiederholte Besuche auf Schloß Richmond abgestattet, wirklich Derselbe sei, der früher unter dem Namen Talbot das Haus in Dorsetshire gemiethet.

Zugleich übersendete Mr. Prendergast Abschriften von Documenten und mündlichen Aussagen, die es ihm gelungen war, zu erlangen, mit deren Einzelnheiten ich jedoch meinen Lesern weiter nicht beschwerlich zu fallen brauche.

In diesem Briefe empfahl Mr. Prendergast auch, einigen Verkehr mit Owen Fitzgerald zu unterhalten. Es wäre räthlich, sagte er, daß alle Betheiligte Owen's Stellung als präsumtiven Erben des Titels und Familienbesitzthums anerkennten, und da er, wie er sagte, Mr. Fitzgerald von Hap House nachgiebig, edelgesinnt und ritterlich gefunden, so glaubte er, daß dieser Umgang ohne Feindschaft oder Groll geführt werden könnte. Dann schlug er noch vor, daß Mr. Somers deßwegen mit Owen Fitzgerald spräche.

Alles Dies setzte Herbert seinem Vater in sanften Worten und ohne Klage auseinander; es schien aber jetzt, als ob Sir Thomas aufgehört hätte, sich für die Sache zu interessiren. So viel, als in seinen Kräften gestanden, hatte er gekämpft, um das Erbtheil seines Sohns und den Namen und das Glück seines Weibes, selbst auf Kosten seines eigenen Gewissens, zu retten. Dieser Kampf hatte für ihn mit vollständiger Niederlage geendet, und es blieb ihm nun weiter Nichts übrig, als das Gesicht nach der Wand zu kehren und zu sterben. Ruin und Verderben war durch seine Schuld über ihn und Alle gekommen, die zu ihm gehörten — Verderben, welches nun der ganzen Welt bekannt werden mußte und es ging über seine Kräfte, dieser Welt wieder in's Gesicht zu schauen.

Er machte keinen Versuch, sein Bett zu verlassen, obschon ihm dies von seinem eigenen Hausarzt dringend gerathen ward.

Dann kam ein Arzt von Dublin, welcher, was er auch sagen mochte, nur die Ueberzeugung gewinnen konnte, daß es unmöglich ist, einem kranken Gemüth durch gewöhnliche Mittel aufzuhelfen. Das Gemüth dieses armen Mannes war aber so krank, daß alle Heilkunde dieser Welt an ihm vergebens versucht worden wäre, und es blieb ihm, wie gesagt, weiter Nichts übrig, als zu sterben.

Herbert beantwortete natürlich Clara's Brief, besuchte sie aber weder während dieser Woche, noch während einiger Zeit darauf. Er beantwortete den Brief sehr ausführlich, erklärte seine Bereitwilligkeit, Clara ihr Wort zurückzugeben, und empfahl ihr sogar mit einem bedeutenden Aufwand von Logik und unwiderleglichen Beweisgründen, ihre Verbindung als unklug und sogar unmöglich zu betrachten.

Dennoch aber leuchteten durch alle diese streng logischen Deductionen Beweise von Liebe und von Sehnsucht nach Gegenliebe hindurch, die noch weit unwiderleglicher waren, als seine Beweisgründe, und viel stärker, als seine Logik.

Clara las seinen Brief, nicht wie er ihr gerathen haben würde, denselben zu lesen, aber sicherlich auf die Weise, welche seinem Herzen am Besten gefiel, und sie beantwortete ihn wieder, indem sie erklärte, daß Alles, was er gesagt, unhaltbar sei. Er könne ihr untreu werden, wenn er wolle. Wenn er sie aus Unbeständigkeit oder aus sonst einem Grunde verließe, so würde sie sich nicht darüber beklagen — wenigstens nicht laut. Sie aber werde ihm niemals untreu werden, auch wäre ihre Neigung nicht von der Art, daß sie sich zur Unbeständigkeit verleitet sehen könnte, selbst wenn ihre Liebe durch jahrelangen Aufschub auf die Probe gestellt werden sollte. Die Liebe sei für sie etwas zu Ernstes, als daß es so ohne Weiteres auf die Seite geworfen werden könne.

Es war dies Alles eine ziemlich starke Sprache von Seiten einer jungen Dame, aber, wie die andern jungen Damen in Schloß Richmond erklärten, war es ganz die Sprache, die einer jungen Dame zukam. Sie erklärten Clara in Bezug auf Gefühl und Urtheil für ein vollkommenes Wesen, und Herbert konnte es nicht über's Herz bringen, ihnen zu widersprechen.

Und von allen diesen Vorgängen, Schreibereien

und Entschlüssen setzte Clara ihre Mutter gehorsam in Kenntniß.

Die arme Lady Desmond wußte nicht mehr, was sie beginnen sollte. Ausschelten konnte sie ihre Tochter, sonst aber konnte sie weiter Nichts thun. Clara hatte das Gebiß so zwischen die Zähne genommen, daß es nicht mehr möglich war, sie mit Hülfe eines gewöhnlichen Zügels zu bändigen.

Heutzutage werden junge Damen selten mit Gewalt der Schreibmaterialien beraubt, und die absolute Einsperrung einer solchen Uebelthäterin wäre noch ungewöhnlicher. Eine andere Gräfin würde ihre Tochter hinweggeführt haben, entweder nach London und auf eine Reihe von Bällen, oder nach dem südlichen Italien, oder nach dem Familienschloß im nördlichen Schottland; der armen Lady Desmond aber standen nicht die Mittel anderer Gräfinnen zu Gebote. Jetzt, wo es zum Treffen kam, fand sie, daß sie keine Macht besaß, nicht ein Mal über ihre eigene Tochter.

„Mama, Du hast es selbst so gewollt," pflegte Clara zu sagen, und Lady Desmond fühlte, daß sie dies nicht blos auf das Verhältniß ihrer Tochter zu Herbert, dem Enterbten, sondern auch auf ihr abgebrochenes Verhältniß zu Owen, dem Erben, bezog.

Unter diesen Umständen ließ Lady Desmond ihren Sohn kommen. Dieser war noch in Eton, aber mittlerweile fast zu einem Manne herangewachsen — zu einem Manne, wie frühreife Schüler von Eton mit sechzehn Jahren sind — lang und schlank und schön, mit weichem, sprossendem Barthaar, kühner Stirn und erröthenden Wangen, mit der ganzen Liebe eines Knaben zu Scherz und Muthwillen, aber auch mit einem Anflug von männlichem Stolz.

In ihrer Bedrängniß ließ Lady Desmond diesen Sohn kommen, der seit vorigem Sommer nicht wieder daheim gewesen war. Sie hoffte, daß seine jugendliche Männlichkeit beitragen werde, seine Schwester vor der Schmach einer Heirath zu bewahren, durch welche sie sowohl an Reichthum als an Rang so gänzlich bankerott werden mußte.

Mr. Somers begab sich auf Herbert's Wunsch sofort nach Hap House. Doch fruchtete dieser Besuch sehr wenig. Er hatte Owen von jeher mit Abneigung und als einen Wüstling betrachtet, dessen näherer Umgang der Familie Fitzgerald nur zur Unehre gereichen könne, und Owen hatte diese Gesinnung zehnfach erwidert. Sein Stolz war durch die Insolenz des Agenten, wie er es nannte, verletzt worden, und er hatte Mr. Somers seinen Freunden als einen feilen, egoistischen Pedanten bezeichnet.

Es kam daher bei diesem Besuche sehr Wenig heraus. Mr. Somers hatte — die Gerechtigkeit verlangt, dies zu sagen — sein Bestes zu thun versucht. Es lag ihm um Herbert's willen Viel daran, Owen günstig zu stimmen, und er hatte vielleicht auch — warum nicht? — ein Auge auf die künftige Agentur. Owen aber war hart und kalt und unmittheilsam — ganz anders, als er gegen Mr. Prendergast gewesen. Aber Mr. Prendergast hatte auch niemals seinen Stolz beleidigt.

„Sie können meinem Cousin Herbert sagen," bemerkte er mit einem leichten Nachdruck auf dem Wort Cousin, „daß ich mich freuen werde, ihn zu sehen, sobald er sich im Stande fühlt, mich zu sprechen. Es werde in unserm beiderseitigen Interesse liegen, uns einigermaßen gegen einander auszusprechen. Wollen Sie ihm sagen, Mr. Somers, daß ich mit Vergnügen bereit sein werde, ihn zu besuchen, oder ihn hier zu empfangen? Mein Besuch in Schloß Richmond würde während der jetzigen Krankheit des Baronets wahrscheinlich ungelegen kommen."

Und dies war Alles, was Mr. Somers von ihm erlangen konnte.

Binnen sehr kurzer Zeit war die ganze Geschichte Jedermann in der Umgegend bekannt. Was hätte es auch nützen können, sie geheim zu halten? Es giebt gewisse Geheimnisse — die man als Geheimnisse bewahrt, weil sie nicht wohl öffentlich besprochen werden können — die man aber viel besser gar nicht hütet. Der Tag mußte und, wie es jetzt schien, in nicht ferner Zeit kommen, wo die ganze Welt das Schicksal dieser Familie Fitzgerald erfuhr; wo Sir Owen als unzweifelhafter Besitzer des Schlosses mit allem Zubehör in die Halle und Schloß Richmond einziehen mußte. Warum sollte es daher verschwiegen gehalten werden? Herbert erklärte Mr. Somers offen seinen Wunsch, kein Geheimniß aus der Sache zu machen.

„Es ist ja keine Schande," sagte er, an seine Mutter denkend; „es ist ja Nichts, dessen wir uns zu schämen brauchten, mag die Welt darüber sprechen, was sie will."

In der Dienerstube verbreitete sich die Neuigkeit ebenfalls und ward von Einem dem Andern zugeflüstert. Diese Leute verstanden kaum, was die Sache eigentlich zu bedeuten hatte, oder wie Alles gekommen war, dennoch aber wußten sie, daß die Ehe ihres Herrn keine rechtmäßige Ehe gewesen, und daß der Sohn ihres Herrn kein Erbe war.

Mistreß Jones sprach mit keinem Menschen ein Wort darüber. Ueberhaupt hatte sie sich seit jenem Tage, an welchem sie mit Mollett confrontirt worden, von den Dienstleuten ganz fern, und dagegen ausschließlich zu ihrer Herrin gehalten. Sie verstand vollkommen, was Alles zu bedeuten hatte, und das Gewaltige der Tragödie hatte ihr Gemüth so eingeschüchtert und erschüttert, daß sie kaum davon zu sprechen wagte. Wer es den Dienern gesagt — oder wer überhaupt Diener von solchen Dingen unterrichtet — ist unmöglich, zu sagen; ehe aber Mr. Prendergast drei Tage aus dem Hause war, wußten Alle, daß Mr. Owen von Hap House der künftige Herr von Schloß Richmond sei.

„Und ein schwerer Tag wird es werden — ein schwerer Tag," sagte Richard, der in einem Lehnstuhl am Feuer saß und verzagend den Kopf schüttelte.

„Ja, da habt Ihr wohl Recht," sagte Corney der Lakai. „Dieser Mr. Owen wird geradezu den Teufel austreiben, wenn dieses alte Schloß in seine Hände kommt. Eine niedliche Wirthschaft wird dann losgehen!"

„Der Henker hole den alten Juristen! Was brauchte dieser überhaupt hierher zu kommen?" meinte der Koch.

„Solche vertrocknete alte Junggesellen richten

nie etwas Gutes an," sagte Biddy, die Hausmagd, „namentlich die Engländer."

„Ach, so redet doch keinen solchen Unsinn!" sagte Richard in verweisendem Tone. „Er kann nicht dafür."

„Wer ist aber denn sonst schuld?" fragte Biddy wieder.

„Thut keine Fragen, so werdet Ihr nicht belogen," entgegnete Richard.

„Natürlich wissen wir Alle, daß die Geschichte sich um Mylady dreht, deren Ehe mit unserm Herrn keine rechtmäßige gewesen ist," bemerkte der Koch. „Möge der Himmel ihr Bett sein, wenn der Herr sie zu sich nimmt. Eine bessere, freundlichere Lady als sie hat nie die Schwelle einer Küche überschritten."

„Da habt Ihr Recht, Koch," sagte Biddy, indem sie den Zipfel ihrer Schürze auf das Auge drückte. „Aber sagt mir, Richard, bekommt denn der arme Mr. Herbert gar Nichts?"

„Um Mr. Herbert laßt Euch nur unbekümmert," sagte Richard, welcher Biddy von klein auf hatte heranwachsen sehen und deßhalb das Recht zu haben glaubte, sie bei jedem Worte zurechtzuweisen.

„Ich bekümmere mich aber um ihn," sagte das Mädchen. „Ich bekümmere mich um ihn mehr, als um alle Anderen, und wenn Lady Clara deßwegen vielleicht" —

„Ja wohl, das denke ich auch," sagte Corney, obschon er eigentlich noch gar nicht wissen konnte, was Biddy sagen wollte. „Sie wird nun wieder zu Mr. Owen zurückkehren. Dieser war ihr erster Geliebter. Ihr werdet sehen, daß es so wird."

Und auf diese Weise ward die Sache in der Dienerstube des Schlosses besprochen.

Die größte Ueberraschung aber, die größte Neugier und die größte Bestürzung gab sich vielleicht in dem Pfarrhause kund. Die erste Nachricht davon erhielt Mr. Townsend, der Pfarrer, bei der Versammlung eines der Hülfscomités, und seine Gattin aus dem Munde einer ihrer Mägde während seiner Abwesenheit an demselben Tage. Als daher Mr. Townsend nach Hause kam, standen sie einander mit verstörter Miene gegenüber.

„O, Aeneas!", rief Mistreß Townsend, ehe der Pfarrer noch seinen Ueberrock ausgezogen hatte, „hast Du die Neuigkeit gehört?"

„Was für eine Neuigkeit? — wegen Schloß Richmond?"

„Ja, wegen Schloß Richmond."

Und sie wußte nun, daß er die Nachricht vernommen.

Einige Kenntniß von Lady Fitzgerald's früherer Geschichte hatten sie allerdings Beide gehabt, wie denn überhaupt fast alle Leute in der Umgegend davon Kenntniß gehabt hatten. Während der letzten Jahre aber war die Geschichte so in Vergessenheit gerathen, daß man aufgehört hatte, davon zu sprechen, so dieſe Calamität die ganze Wucht eines neuen Unglücks erhielt.

„Wer erzählte Dir es denn, Aeneas?" fragte Miſtreß Townſend, als ſie in ihrem räucherigen, ſchmutzigen Zimmer mit einander am Kaminfeuer ſaßen.

„Seltſamer Weiſe hörte ich es zuerſt von Pater Barney," antwortete der Pfarrer.

„Ach, mein Himmel, dann iſt es alſo ſchon überall bekannt!"

„Herbert iſt ſeit den letzten zehn Tagen bei keiner Comitéſitzung erſchienen, und Mr. Somers war während der letzten Woche ſchweigſam wie der Tod, ſo daß jener fürchterliche Menſch, Pater Creagh, in Gortnaclough neulich eine förmliche Rede gehalten haben würde, wenn ich ihn nicht niedergeſetzt hätte."

„Was Du nicht ſagſt?" rief Miſtreß Townſend, die Hände zuſammenſchlagend.

„Heute nun ſprach ich mit Pater Barney darüber — das heißt über Mr. Somers. Und Pater Barney ſagte: „„Sie wiſſen wohl, was auf Schloß Richmond geſchehen iſt?""

„Aber wie, um's Himmels willen, hat denn Dieſer es erfahren?" fragte Miſtreß Townſend ärgerlich, daß ein katholiſcher Geiſtlicher ſolche vollſtändig proteſtantiſche Neuigkeiten eher gehört hatte, als der proteſtantiſche Pfarrer und ſein Weib.

„O, dieſe Leute erfahren Alles — wahrſcheinlich von den Dienſtleuten."

"Ja wohl; diese gemeinen Geschöpfe!" sagte Mistreß Townsend, ohne an die kleine Conversation zu denken, welche sie an diesem Morgen mit ihrem eigenen Diener gehabt. "Aber erzähle weiter, Aeneas."

"Was auf Schloß Richmond geschehen ist?" sagte ich. ""Ah, Sie haben es also noch nicht gehört,"" sagte er. Und ich mußte gestehen, daß ich in der That noch Nichts gehört, obschon ich sah, daß er darüber gewissermaßen frohlockte. ""Nun,"" sagte er, ""die Familie Fitzgerald ist von einem schweren Schlage betroffen worden."" Und nun erzählte er mir die ganze Geschichte. Ich muß ihm die Gerechtigkeit widerfahren lassen, zu sagen, daß es ihm sehr zu Herzen ging. ""Der arme junge Mann,"" sagte er, ""der arme Mr. Herbert!"" Und ich sah, daß er das Gesicht abwendete, um eine Thräne zu verbergen."

"Krokodilthränen sind das!" bemerkte Mistreß Townsend.

"Nein, bei ihm waren es keine," entgegnete der Pfarrer, "und Pater Barney ist nicht so schlecht, als wofür ich ihn früher hielt."

"Ich will doch nicht hoffen, daß Du auch übertreten willst, Aeneas!" rief Mistreß Townsend heftig, als dieser entsetzliche Gedanke sie durchzuckte. Nach ihrer Ansicht war jede Gesinnung, die nicht in unbedingter Feindschaft gegen die Diener der römischen Kirche bestand, das Aufgeben eines Theils der protestantischen Basis der Kirche von England.

"Das spitze Ende des Keils" pflegte sie es zu nennen, wenn Jemand in ihrer Gegenwart meinte, das Herz eines katholischen Priesters sei möglicher Weise nicht ganz und gar schwarz und teuflisch.

„Das hoffe ich selbst nicht, liebes Kind," sagte Mr. Townsend mit einem leichten Anflug von Sarkasmus in seinem Tone. „Aber, wie ich eben sagen wollte, Pater Barney erzählte mir nun, daß dieser Mr. Prendergast" —

„O, von diesem hörte ich gleich am ersten Tage seiner Ankunft."

„Dieser Mr. Prendergast hat, wie es scheint, die ganze Sache von Anfang bis zu Ende gewußt."

„Aber woher hat er es denn gewußt, Aeneas?"

„Das kann ich Dir nicht sagen. Er war mit Sir Thomas schon befreundet, ehe dieser sich vermählte, so viel weiß ich. Er hat der Familie gesagt, daß es Nichts nützen werde, die Sache geheim halten zu wollen. Er ist auch vor seiner Abreise drüben in Hap House bei Owen Fitzgerald gewesen."

„Also ist Owen Fitzgerald auch davon unterrichtet?"

„Ja; man hat ihm gesagt, daß er nun der nächste Erbe ist. So erzählte Pater Barney."

Mistreß Townsend wünschte von Herzen, daß die Nachricht ihr aus einer reineren Quelle zugegangen sein möchte; dennoch aber stimmte alles Dies, obschon es von Pater Barney kam, zu vollständig mit Dem, was sie selbst gehört hatte, überein, als daß ein Zweifel an der Wahrheit in ihrem Gemüthe hätte zurückbleiben können.

Und dann begann sie an Lady Fitzgerald und der Lage, an Herbert und die seinige, und dann an die Lage der ganzen Familie zu denken, so daß ihre Gedanken sich allmählich von Pater Barney und all' seinen Mängeln abwendeten.

„Es ist furchtbar," sagte sie leise.

„Ja, furchtbar," bemerkte der Pfarrer. „Ich weiß kaum, was ich davon denken soll. Ich fürchte auch, daß Sir Thomas nur noch wenige Monate seiner Familie den Nutzen gewähren wird, den sie von seinem Leben hat."

„Also wenn er stirbt, so behält seine Familie gar Nichts?"

„Nein, gar Nichts."

Und nun traten Beiden die Thränen in die Augen. Es ist für einen Geistlichen auf seiner Kanzel sehr leicht, über die Verwerflichkeit irdischen Reichthums und irdischer Stellung zu predigen; wo aber findet man Einen, der, wenn die Zeit der Prüfung kommt, beweis't, daß er überzeugt ist von Dem, was er predigt? Mr. Townsend pflegte sich in der Regel über dieses Thema sehr laut und eifrig auszusprechen, und dennoch vergoß er jetzt Thränen, weil sein junger Freund Herbert seines Erbtheils beraubt ward.

Ende des vierten Bandes.

Druck von C. Roeßler in Grimma.